JÚLIO EMÍLIO BRAZ

Moçambique

Ilustrações Cárcamo

1ª edição
São Paulo

Livro selecionado para o Acervo Básico
da FNLIJ - 2012 - Categoria Reconto

© JÚLIO EMÍLIO BRAZ, 2011

COORDENAÇÃO EDITORIAL	Maristela Petrili de Almeida Leite
EDIÇÃO DE TEXTO	Carolina Leite de Souza
COORDENAÇÃO DE PRODUÇÃO GRÁFICA	Dalva Fumiko
COORDENAÇÃO DE REVISÃO	Elaine Cristina del Nero
REVISÃO	Fernanda Kanawati
COORDENAÇÃO DE EDIÇÃO DE ARTE	Camila Fiorenza
PROJETO GRÁFICO	Moema Cavalcanti, Silvia Massaro
ILUSTRAÇÕES DE CAPA E MIOLO	Cárcamo
DIAGRAMAÇÃO	Vitoria Sousa
PRÉ-IMPRESSÃO	Helio P. de Souza Filho, Marcio H. Kamoto
COORDENAÇÃO DE PRODUÇÃO INDUSTRIAL	Wilson Aparecido Troque
IMPRESSÃO E ACABAMENTO	Log&Print Gráfica e Logística S.A.
LOTE	293280

Dados Internacionais de Catalogação na Publicação (CIP)
(Câmara Brasileira do Livro, SP, Brasil)

Braz, Júlio Emílio
    Moçambique / Júlio Emílio Braz ; ilustrações
Cárcamo. -- São Paulo : Moderna, 2011. --
(Coleção veredas)

    1. Contos africanos – Literatura infantojuvenil
I. Cárcamo. II. Título. III. Série.

ISBN 978-85-16-07072-4

11-04511   CDD-028.5

Índices para catálogo sistemático:
1. Contos africanos : Literatura infantojuvenil   028.5
2. Contos africanos : Literatura juvenil   028.5

Reprodução proibida. Art.184 do Código Penal e Lei 9.610 de 19 de fevereiro de 1998.

Todos os direitos reservados

EDITORA MODERNA LTDA.
Rua Padre Adelino, 758 - Belenzinho
São Paulo - SP - Brasil - CEP 03303-904
Vendas e Atendimento: Tel. (11) 2790-1500
www.moderna.com.br
2021

*Este livro é dedicado à Irmã Maria Jacinta de Souza,
cuja ajuda foi inestimável para sua produção.*

Os textos aqui adaptados e recontados foram extraídos dos diários e cadernos de viagens e anotações do eminente filólogo, folclorista e escritor, Professor Antônio César Gomes Sobreira, escritos entre os anos de 1935 até a sua morte em 14 de agosto de 2007, na cidade moçambicana de Nampula.

Sumário

Apresentação, 9

1. O avarento, 13
2. O macaco mantiroso, 19
3. O macaco e o peixe, 27
4. Os cestos do leão e do leopardo, 30
5. O hipopótamo, o coelho e o elefante, 32
6. Sinaportar, 38
7. O filho desobediente, 44
8. Os três amigos, 50
9. Há muito tempo, 55

10. O coelho e a festa dos animais com chifres, 61
11. Namarasotha, 89
12. O rato e o caçador, 96
13. A galeza e o caracol, 102
14. O que acontece dentro de casa..., 110
15. Uma ideia tola, 113
16. A menina que não falava, 118
17. A história das duas mulheres, 124

Notas Finais, 128

APRESENTAÇÃO

Meu interesse pela África não é tão antigo assim e confesso que acabou transcendendo em muito a si mesmo, pois nasceu da curiosidade sobre minha própria condição. Explico: primeiro eu tive que me descobrir negro, algo um pouco mais difícil num país onde para muitos, ao que parece, dizer que alguém é negro dá impressão de ser algo feio, e, portanto, nos agarramos a toda uma infinidade de eufemismos (até mesmo cartoriais, já que, por certidão de nascimento, sou identificado como pardo, seja lá o que for isso).

Demorou para que eu me descobrisse negro, e admito que as árvores genealógicas propostas de vez em quando por algumas professoras em sala de aula ajudaram pouco ou quase nada. Por exemplo, o "Braz" de que me orgulho muito: é pouco provável que nele esteja a raiz de minha árvore, pois esse nome remonta a uma respeitável e nobre família da Idade Média portuguesa, século XII se não me engano. Na verdade, há uma possibilidade nem um pouco desprezível de que um de meus antepassados africanos tenha pertencido a um Braz e recebido este sobrenome – conjecturas, é claro, pois a história do negro brasileiro é bruma e esquecimento e sequer podemos encontrar com exatidão qualquer vestígio de nossa origem em qualquer parte da África. Correndo o risco de ser exagerado, somos a poeira de todas as estradas, o rio e o céu de todas as terras.

Após descobrir que era negro (algo que em parte devo agradecer a um professor de Metodologia Científica que tive quando entrei para a Faculdade de História – precisa explicar porque escolhi História? Penso que não), lancei olhos à África. Nesse itinerário por minhas origens, descobri que tudo se fala e nada, ou muito pouco, se sabe sobre a África, principalmente sobre a de ontem, já que a de hoje conhecemos principalmente a partir de suas desgraças, como guerras civis intermináveis, miséria sem-fim, sofrimento, dor, etc. Fala-se sobre África como se fosse um único país, para início de ignorâncias.

Não existe uma África. Coexistem num enorme continente incontáveis Áfricas e numa parte dela, pedaços que falam uma língua mais ou menos comum (sou um daqueles loucos que acreditam que não falamos português, mas uma língua muito parecida com português ou, sendo mais radical, o bom brasileiro). Neste processo de auto-descobrimento, rapidamente me virei para aqueles com os quais dividimos o mesmo Atlântico e até identidades étnicas e culturais, como Cabo Verde, Guiné Bissau e a grande Angola. Timor Leste, essa pequena incógnita lusófona em plena Ásia, mas acima de tudo Moçambique, eram desconhecidos para mim.

Continuei me interessando mais pelos nossos irmãos africanos atlânticos, até que certo dia, após dar palestra num colégio de freiras em São Paulo, travei contato com algumas delas que me falaram de um outro colégio ligado à sua congregação na cidade de Maputo, Moçambique. Tal conversa reacendeu meu interesse por aquela parte da África e quase no mesmo instante pus-me a pensar num livro reunindo suas lendas e mitos e para tal me valeria de um contato com as freiras que lá trabalhavam. O livro se chamaria obviamente MOÇAMBIQUE.

Escrevi para elas e depois de muitos meses – não sei precisar quantos, lamento –, recebi um pacote com uma quantidade respeitável de fotocópias retiradas de publicações que depreendi serem feitas por elas mesmas nas dependências do colégio. O material era tanto que dele retirei elementos para duas peças de teatro infantis, uma recentemente publicada por uma editora do Paraná. Também produzi uma série de livros para leitores iniciantes. O que restou, e ainda continuava sendo uma quantidade considerável, vocês encontrarão nas páginas seguintes.

Do farto material enviado a mim em meados de 2007 pela Irmã Maria Jacinta de Souza, diretora da escola de mais de mil e oitocentos alunos nas imediações de Maputo, emergiram as lendas, os mitos e as fabulosas narrativas ora biográficas ora fantasiosas, mas acima de tudo deliciosas, de Antônio César Gomes Sobreira. A partir das primeiras linhas deste livro, mito e realidade se misturam e se confundem.

Onde começa um ou termina o outro?

Realidade ou fantasia?

Mentira ou verdade?

A bem da verdade, e se for mentira, interessa realmente saber o que é?

Atrapalha?

Dificulta?

Não me pergunte. Não tenho uma boa resposta que me convença e se já a tive, não me lembro mais dela. Tudo o que sei é que adorei compilar cada palavra das incontáveis folhas fotocopiadas e reescrevê-las para este livro, assim como fiquei extremamente satisfeito por trazer para o Brasil lendas e parte da cultura de uma África que também fala português, mas que quase desconhecemos.

MOÇAMBIQUE não é o nome deste livro, é, antes de mais nada, uma provocação. Precisamos olhar um pouco mais para esse encantador pedaço igualmente lusófono da África.

Karingana wa Karingana.[1]

Júlio Emílio Braz

---

[1] **Karingana Wa Karingana** – Algo como "Era uma vez..." num dos vários dialetos falados em Moçambique.

1. O avarento

Dizem que a Dona Marruca era meio maluca – se me perdoam a rima pobre –, que era tolice, loucura e, principalmente, perda de tempo dar ouvidos a ela. Todos em Nhamalabué diziam que ela era aquela que, não tendo o que fazer, punha-se a entreter as crianças e a todos os que, como ela, nada queriam saber de trabalho, ou seja, nada tinham a fazer. Eu, pelo meu lado, criança que era, logo depois de voltar da escola, principalmente nos dias de muita chuva, em que não dava para se jogar bola no campo do Honorato das Beiras, nem meu pai estava em casa, longe que se encontrava levando os trilhos da estrada de ferro mais para o norte, eu corria para a cozinha onde sabia sempre encontrar Dona Marruca com outra de suas histórias na ponta da língua, me esperando.

Hoje em dia, pesado em anos e presa fácil do esquecimento cruel que atraiçoa a memória e é atestado óbvio da passagem invencível do tempo, tenho dificuldades para localizar na memória cada uma das histórias que ela me contou. Mas aqui, ao acaso, recordo-me de uma de minhas favoritas, pois, entre tantas, a do avarento é a mais interessante.

Quer ouvir?

Bom, aí vai como Marruca contava e eu me recordo:

"Há muito tempo um homem rico, mas muito rico mesmo, perdeu a carteira cheia de dinheiro. Desesperado, disse para quem quisesse ouvir que daria uma recompensa de cinco mil meticais à pessoa que a encontrasse e a devolvesse.

Fácil de imaginar o alvoroço que foi, não?

Mal a notícia chegara aos ouvidos da gente do lugar e uma multidão de interessados espalhou-se por todas as direções. Vasculhava-se aqui, remexia-se mais adiante, revirava-se debaixo daquela pedra, arrancava-se aquele mato ou mesmo toda a floresta. Nada ficou por ser visto, revirado, remexido, mudado de lugar.

Encontrou-se algo, um metical sequer?

E a carteira?

Nem o menor sinal.

O homem rico, se fosse um homem rico qualquer, esqueceria, pensaria em ganhar de outra forma o tanto que perdera ou simplesmente se contentaria com o que já tinha – o que era realmente muito –, tocando a vida para a frente. No entanto, além de ser um homem de grande riqueza, ele era igualmente dominado por inacreditável avareza e não se conformava em perder sequer um fio de cabelo ou de barba. Mesquinho, fugia de todos que insinuassem lhe pedir algo e mesmo às mulheres e aos filhos negava até o mínimo necessário para se ter uma vida decente. Juntava, guardava e mesmo trancava tudo para si sem saber exatamente por que ou para quê. Não, alguém como ele não se contentaria em simplesmente se conformar com a perda. Continuou insistindo que recompensaria a quem quer que encontrasse sua carteira.

– Cinco mil meticais! – repetia, procurando alimentar a ambição de todos.

Um bom tempo se passou, mas finalmente certo dia um camponês apareceu em sua casa e lhe entregou a carteira.

– É esta? – perguntou o camponês.

Vale acrescentar que fazia parte da natureza do avarento um certo apreço pela própria esperteza o que, como outros de sua espécie, tomava por inteligência. Por isso, logo depois de contar e recontar o dinheiro, virou-se para o camponês e, agradecendo, acrescentou:

– Notei que já tiraste os cinco mil meticais da recompensa.

– De maneira alguma, senhor! – protestou o camponês, que era reconhecido por todos de sua aldeia como um dos homens mais honestos que conheciam. – A carteira está exatamente como eu a encontrei...

– Não pode ser! – o homem rico elevou o tom de voz, como que tomado de grande irritação. – Eu tinha vinte e cinco mil meticais dentro da carteira quando a perdi e agora só encontro vinte mil!

– Pois eu lhe garanto que nada peguei!

– Mentiroso!

– Mentiroso é o senhor que não quer me pagar a recompensa a que tenho direito!

– Como pagaria se você já a pegou, seu tratante?

– Não peguei!

– Pegou!

– Não peguei!

Como o avarento insistia que mais uma vez era vítima de sua boa-fé e grande generosidade e que novamente estavam tentando enganá-lo, roubá-lo realmente, ao passo que o camponês protestava inocência, afirmando que também estava sendo enganado, os dois concordaram em apresentar as respectivas queixas ao juiz do tribunal da aldeia. Isso dito, foi exatamente o que fizeram.

Bastou o avarento abrir a boca para que o juiz, homem de conhecida inteligência e ainda maior sabedoria, percebesse que ele pretendia, pretextando ter sido roubado, fugir ao cumprimento da promessa feita e não pagar a recompensa ao camponês.

– A questão é realmente delicada – afirmou, tendo ambos à sua frente.

– É verdade... – apressou-se em concordar o homem rico.

– Nada quero além do que me é devido – assegurou o camponês.

– ... mas a solução é das mais simples, posso lhes garantir.

– É! – concordou mais uma vez o homem rico, o sorriso alargando-se até não poder mais, provavelmente antegozando o prazer que sentiria por uma decisão que, acreditava, lhe seria inteiramente favorável.

– Um homem assegura-me que perdeu uma carteira com vinte e cinco mil meticais – continuou o juiz.

– Assim foi! – insistiu o homem rico, ansioso.

– O outro encontrou uma carteira com vinte mil meticais e acreditando que ela pertencia ao primeiro, apressou-se em entregá-la e exige a recompensa oferecida por sua devolução.

– Eu só quero o prometido – disse o camponês.

– Como, se você já retirou o valor da recompensa de minha carteira, seu ladrão?

– Eu não sou ladrão!

Confusão. Os dois homens novamente discutiam e antes que iniciassem uma briga, o juiz os acalmou, dizendo:

17

– Como um insiste que na carteira que lhe foi devolvida há apenas vinte mil meticais quando deveria ter vinte e cinco, e aquele que a devolveu assegura que nada tirou da carteira, eu só pude chegar a uma conclusão.

– E qual foi? – perguntou o homem rico, já naquele instante bem nervoso e impaciente.

– Que as carteiras não são as mesmas.

– Como é? – o homem rico empalideceu e ainda pensou em protestar, mas o juiz o silenciou com um único, porém firme, gesto.

Virando-se para o camponês, decidiu:

– Você ficará com a carteira que encontrou por certo tempo até que apareça alguém que tenha perdido apenas vinte mil meticais. Passado este tempo que eu determinarei, se ninguém aparecer para reclamar o dinheiro, a carteira será sua.

E quanto ao avarento, o juiz lhe dirigiu um olhar de grande compaixão e disse:

– Infelizmente ao senhor eu só posso pedir que tenha paciência e espere mais algum tempo. Quem sabe temos sorte e finalmente apareça alguém que tenha encontrado uma carteira com vinte e cinco mil meticais."

(Extraído do livro *Uma Ideia Tola & Outras Histórias Moçambicanas*, de Antônio Sobreira, Edições Educacionais, Beira, Moçambique, 1987.)

2. O macaco mentiroso

Mentir é complicado. Claro, existem certas criaturas que o fazem com tamanha naturalidade que espanta os mais espertos. Espanta e apavora, pois depois de certo tempo torna-se difícil, quase impossível, acreditar no que nos diz o mentiroso. Isso entre os seres humanos e – porque não? – também entre os animais. Dissimulação e camuflagem são armas valiosas para qualquer mentiroso que se preze ou sobreviva de seu, digamos assim, talento.

Alguém me contou em certa ocasião uma história sobre mentiras que gostaria de contar para vocês.

Lá ia eu passando dos trinta e tantos anos, e dava aulas de Matemática num cantinho esquecido por Deus e pelos homens no Alto Ligonha. Como chovia há doze dias praticamente sem parar e apenas dois alunos me apareceram na escola – vale salientar que estavam com cara de pouco interessados em qualquer coisa que eu pudesse vir a lhes ensinar sobre Matemática ou qualquer outro assunto –, fiquei meio sem saber o que fazer. Bem que insisti nas tais aulas. Os dois bocejavam selvagemente, o maior deles espreguiçando-se sem o menor pudor.

Desisti. Todavia, não me cabia liberá-los para se aventurarem naquele dilúvio, e depois de certo tempo, sem quê nem porquê, me pus a lhes contar uma história de um grande autor brasileiro cujo livro, *O Homem que Calculava*, acabara de chegar-me às mãos por obra de meu irmão mais novo que, de volta de uma viagem ao Rio de Janeiro, o trouxe apenas para provocar-me.

– Note bem – disse-me ele –, o autor deste livro, o Professor Júlio César de Melo e Souza, é professor de Matemática e nos prova que a literatura e a Matemática não são incompatíveis!

Não faço a menor ideia de onde meu irmão tirara semelhante despropósito, pois eu em tempo algum afirmara tal bobagem. Aliás, sempre fui um grande apreciador de um bom livro. De uma forma ou de outra, o tal autor brasileiro, que publicava seus livros sob o pseudônimo de Malba Tahan, era um excelente escritor e nessa que seria sua obra mais conhecida, se valeu inteligentemente da literatura para nos mostrar como a matemática podia ser divertida e, claro, como fazia parte de nosso dia a dia.

Bom, voltando à escola em Malema (Eu não disse? Pois é, a escola era em Malema), chovia muito e depois de contar a minha história, pedi aos meninos para que contassem a deles. Caso me perguntes a troco de que eu o fazia, não saberia lhe dizer. Talvez para passar o tempo. Talvez esperando que a chuva amainasse o suficiente para enviá-los para casa, como se fosse possível fazê-lo lhes negando um bom barco para a jornada. Bom, de um jeito ou de outro, seria sempre melhor do que ficar um olhando para a cara do outro, cada vez mais aborrecidos.

Um deles, um menino muito alto e magro, de olhos inquietos e sempre disposto a aprender, contou uma história sobre três elefantes egoístas que preferiram morrer num atoleiro em que estavam presos a se ajudar e sair dele. Seu companheiro, tão alto quanto ele, no início não se interessou muito. Nenhuma novidade, se querem saber. Ele mal abria a boca dentro da sala de aula e parecia pouco interessado em qualquer coisa que a escola pudesse lhe ensinar. Eu já o havia surpreendido engasgando-se com a fumaça de um cigarro e dizendo gracinhas para algumas meninas. É, ele realmente estava com muita pressa de crescer.

– Contar histórias é coisa para criança! – trovejou, cruzando os braços e fazendo cara de poucos amigos do seu canto da sala.

Sorri.

– Não conhece nenhuma história, não é mesmo? – provoquei.

– Mas é claro que conheço!

– Então por que não conta uma?

– Porque não quero...

– Duvido. Se realmente conhecesse, você não perderia a oportunidade de...

– Conhece a história do macaco mentiroso?

Eu e o outro menino nos entreolhamos, mas coube a mim responder:

– Creio que não.

– Pois é...

– E você?

– O que tem eu?

– Você conhece?

– Mas é claro que conheço!

– Então conta, vai! – pediu o outro menino.

Ele descruzou os braços e empertigou-se, todo cheio de si.

– Conta – ajuntei.

Ele acabou contando:

– Até algum tempo atrás o coelho e o macaco eram grandes amigos – principiou. – Estavam sempre juntos e quase todos os dias se visitavam.

Num desses dias, o coelho apareceu na casa do amigo logo pela manhã e o encontrou cozinhando ovos. Acontece que o macaco, não o esperava àquela hora do dia ou simplesmente por ser guloso ou mesmo as duas coisas, não tinha a menor intenção de dividir os ovos com o coelho. Por isso, mal o viu, tratou de tapar a panela, escondendo-os.

Mas como vocês sabem, o coelho é bicho arisco e dos mais espertos. Estranhou a ansiedade na voz do amigo – não dava para disfarçar que estava pouco à vontade e não se esforçou muito para esconder que o visitante não era bem-vindo – e, principalmente, que ele não tirava a panela do fogo. Aproveitando-se de um momento de distração do macaco, apressou-se em destampá-la. Ao ver os ovos, nem pensou duas vezes: tirou dois e mais os engoliu do que realmente comeu.

O macaco ficou bem desconfiado quando voltou e não encontrou o amigo na cozinha, e sim já bem distante na estrada, despedindo-se com um demorado aceno. A tampa da panela caída no chão dispensou-o de qualquer explicação. Procurou os ovos dentro dela e pelo menos dois haviam desaparecido, certamente comidos pelo saltitante amigo que naquele instante desaparecia a distância.

Irritou-se.

Como ele fora capaz de fazer aquilo?

Logo com aquele que declarava que era seu melhor amigo?

Correu atrás dele e, ao alcançá-lo, protestou:

– Que coisa mais feia, meu amigo. Você sabia que aqueles ovos eram da galinha e eu os estava cozinhando para ela chocá-los com mais facilidade? Dá para perceber o mal que acabou de fazer à produção de pintos?

O macaco estava bem irritado. Falou e cuspiu pra todos os lados até não poder mais.

– A nossa amizade acabou! – desabafou.

E não satisfeito, cheio de indignação, queixou-se ao rei.

O rei, depois de ouvir e muito refletir, pensar e até ponderar com muitos de seus conselheiros, ordenou que o coelho viesse até a sua presença.

Pensam que o coelho se apavorou?

Fugiu ou saiu correndo para atender a tão régia convocação?

Apressou-se em dar explicações?

Nem pensar.

Ele prometeu muito vagamente e sem qualquer preocupação aos emissários do rei que iria encontrá-lo dentro de três dias, pois, apesar de estar muito interessado e um tanto preocupado, achava-se igualmente ocupado em continuar vivo, buscando alimentar-se e à sua numerosa família.

O rei mesmo contrariado – poucos entre seus súditos eram tão abusados ou desaforados ao ponto de recusar um de seus convites ou mesmo fazê-lo esperar –, esperou. Três dias depois, nem um segundo a mais ou a menos, aliás como prometera, o coelho apareceu. Sua majestade quase caiu para trás, pois seu aspecto era o pior possível. Ele estava terrivelmente sujo e cansado, fedia a feijão queimado.

– Será que posso saber a razão de tanta demora? – perguntou.

– Perdoe-me, meu rei, mas eu estava realmente muito ocupado – desculpou-se o coelho, olhando para o macaco de pé a seu lado.

– E o que poderia ocupá-lo tanto, posso saber?

– Ah, Majestade, eu estava cozinhando feijão para depois plantar.

O rei sorriu.

– Sois algum tipo de tonto ou me tomas por um, coelho? – indagou.

– Por que, Majestade? – o coelho aparentava estar realmente espantado com a pergunta.

– Como é isso? Ninguém é tolo o bastante para plantar feijão cozido.

– Como, Majestade? – astucioso como ele só, o coelho fingia surpresa. – Não posso plantar feijão cozido?

– Mas é claro que não. Isso é coisa de louco!

– Mas se é louco quem planta feijão cozido, o que o senhor diria de quem cozinha ovos para a galinha chocar?

O rei não soube o que dizer e ele detestava quando se via em tal situação. Aborreceu-se e pela primeira vez pensou no absurdo da acusação feita pelo macaco.

– Quem é tão louco quanto o senhor! – respondeu dirigindo-se ao macaco e concluindo que ele não passava de um grande mentiroso.

Depois de contar sua história, o menino voltou para o seu canto da sala e esperou até que a chuva finalmente amainou. Algo mudou depois daquele dia. Um brilho novo iluminava seus olhos quando ele vinha para a escola por uma estrada que ele descobriu naquela manhã chuvosa e, até então, hostil. Tempos mais tarde nossos caminhos se encontraram numa rua barulhenta perto do aeroporto de Beira. Um bando de meninos e meninas o rodeavam. Ouviam histórias. Ele contava. Tomé Chiromo tornou-se um dos maiores *griot*[1] que já conheci na minha vida, que por sinal promete ser das mais longas.

(Extraído de *Reminiscências de um jovem professor*, de Antônio Sobreira, publicado por Edições Memorial, Braga, Portugal, 1963.)

---

[1] *Griot* - contadores de história que vivem em muitos lugares da África. Esta denominação provalvelmente deriva da palavra francesa "guiriot", cujo sgnificado em português é "criado".

3. O macaco e o peixe

Depois que o menino contou a sua história, eu contei outras das minhas, entre elas uma que ouvira em Sofala um ano antes. Se bem me lembro, era mais ou menos assim...

"Conta-se que há muito tempo, num canto remoto da floresta, um macaco caminhava junto a um rio quando viu um peixe nadando. Curioso por natureza, parou para observá-lo. O peixe ia e voltava, ziguezagueando pela correnteza cada vez mais forte até que o macaco teve a nítida impressão de que ele se debatia e, portanto, necessitava de ajuda. Nem sequer lhe passou pela cabeça observar por mais tempo ou mesmo perguntar ao peixe se ele realmente enfrentava algum tipo de dificuldade, se precisava de ajuda, como imaginava. Pouco conhecedor da vida debaixo d'água e menos ainda daqueles que viviam dentro dela, mas sinceramente preocupado com o destino do peixe, o macaco menosprezou sua falta de conhecimento e, generoso que era, inclinou-se na direção do peixe, dizendo:

– Pobre criatura, sozinha na correnteza e sem que ninguém a ajude a dela escapar, certamente seu destino é a morte.

Em vão o peixe protestou. Não precisava de ajuda. Era um peixe e peixes viviam dentro d'água. Estava satisfeito com o que tinha.

"O que o macaco pretendia tirando-o de dentro do rio?", se perguntava, "Por que não o ouvia?".

Apesar de não ouvi-lo, o macaco insistia:

– Penso apenas no melhor para ti, meu amigo. Se eu não salvá-lo, você morrerá afogado!

O peixe não entendia.

Como poderia morrer afogado?

O rio era o seu lar.

Será que o macaco não percebia que era feliz com o que tinha e onde estava?

O macaco simplesmente não o ouvia. Bem-intencionado, certo de que fazia o melhor para o peixe, rapidamente meteu a mão no rio e retirou o peixe para fora d'água.

— Você está salvo! Você está salvo! — gritava, feliz com o seu próprio gesto, o coração cheio de bondade não compreendendo porque o peixe se agitava tanto em suas mãos.

Sorriu, o coração batendo mais forte de emoção, achando compreensão no comportamento do peixe. Quanto mais ele estrebuchava, mais o macaco se alegrava e dizia:

— Quanta felicidade!

Satisfeito e orgulhoso do próprio gesto, o macaco via alegria onde apenas existia sofrimento. Nem mesmo quando o peixe morreu ele compreendeu que cometera um erro. Pelo contrário, considerou que fizera o que podia, pensara no melhor para o peixe, e tudo o que acontecera não passara de uma triste fatalidade.

— Se eu tivesse chegado um pouco antes, certamente teria salvo essa pobre criatura — disse de si para si, o coração ainda transbordando de boas intenções.

(Extraído do livro *Uma Ideia Tola & Outras Histórias Moçambicanas*, de Antônio Sobreira, Edições Educacionais, Beira, Moçambique, 1987.)

4. Os cestos do leão e do leopardo

O leão, sempre vaidoso, todo orgulhoso de sua força e beleza, muitas vezes leva as outras criaturas a alimentar falsa impressão, acreditar nas aparências, algo sempre enganoso. Na verdade, ele é um dos mais inteligentes animais da floresta e volta e meia encontramos prova disso.

Em certa ocasião, por exemplo, ia ele e o leopardo pela estrada quando se depararam com um cesteiro. Como qualquer um pode bem imaginar, o pobre homem quis correr, fugir o mais depressa possível para bem longe. O leão, mais ágil, o impediu e assegurou:

– Não se preocupe, pois de ti só queremos cestos. Portanto, teça os melhores que puder.

E se pôs a ordenar:

– Tece, tece, tece...

Para mais adiante continuar:

– Estica, estica, estica...

Sempre atento e cuidadoso, recomendava que o fundo fosse largo e forte, alertando:

– Enfeite bem cada um deles, ouviu?

Fácil concluir que o leão recebeu os mais belos cestos que o artesão era capaz de produzir.

O leopardo invejou cada um deles e mal o cesteiro entregou-os, virou-se para ele e apenas ordenou:

– Cose, cose, cose...

E não repetiu outra palavra, a mesma ordem repetida insistente e autoritariamente, com impaciência, até que o cesteiro, preocupado, temendo ser devorado por tamanha pressa, entregou-lhe alguns cestos bem feios, malfeitos, frutos somente da ansiedade do leopardo e da falta de compreensão de que um bom artesão, como qualquer criatura, para dar o melhor de si, precisa antes de mais nada de tempo.

O caminho mais curto para o erro e a imperfeição será sempre o da pressa e da impaciência.

(História originalmente publicada na coluna "Nós do Norte", do *Diário de Inhambane*, em 23 de agosto de 1957.)

5. O hipopótamo, o coelho e o elefante

Muito tempo atrás o hipopótamo, o coelho e o elefante foram grandes amigos. Poucos entendiam muito bem como tal amizade pôde existir ou durar tanto. Não pelo elefante e muito menos pelo hipopótamo, pois os dois eram dois gigantes da floresta e se assemelhavam em força e comportamento. Intrigava mais a presença do coelho entre eles; sabidamente frágil e arisco, o coelho não era dado a longas e profundas amizades, principalmente porque seu temperamento era daqueles que rapidamente gerava dúvidas e desconfianças até entre as poucas e breves amizades que conseguia fazer.

O que aqueles dois gigantes viam nele?

Como, afinal de contas, se tornaram amigos?

Ninguém sabia e depois de certo tempo ninguém mais se importava. Ela existia. Era um fato. E se havia alguém que devia ficar preocupado com tal relacionamento eram o elefante e o hipopótamo. Quando muito, este ou aquele especulavam sobre até quando duraria a amizade entre os três e, a bem da verdade, durou pouco, pois como todo mundo sabe, o coelho, como muita gente, era conhecido por suas falsidades e se preocupava consigo mesmo antes de mais nada.

Nada pior do que o egoísmo e a mesquinharia, não é mesmo?

Tudo começou no momento em que o coelho, cansado da companhia do elefante e do hipopótamo, resolveu se livrar de ambos.

Qual o modo mais simples e eficaz de amigos deixarem de sê-lo?

Ora, muito simples: o coelho procurou os amigos e lhes pediu dinheiro emprestado.

O primeiro a ser procurado foi o hipopótamo.

Pobre hipopótamo!

Era ingênuo e generoso, daqueles que, por um amigo, fazem qualquer coisa.

– Por favor, meu amigo, ajude-me, pois em minha casa nada tenho para comer. As crianças reclamam e a mulher diz que vai me abandonar se eu não comprar comida.

Sinceramente preocupado com o coelho, o hipopótamo não pensou duas vezes e lhe emprestou o dinheiro, dizendo:

– Pague-me quando puder e o que puder!

O coelho pegou o dinheiro e o gastou bem depressa. Encheu bem a barriga até não poder mais, mas apenas a sua, já que não existia nem mulher ou filhos para alimentar. Quando o dinheiro acabou, rumou para a casa do elefante e usou a mesma conversa.

– Você não deixaria um amigo morrer de fome, deixaria?

Tão bondoso quanto o hipopótamo, o elefante nem pensou duas vezes: emprestou o dinheiro.

Mal recebeu, o coelho partiu e por muito tempo ninguém o viu por aquelas bandas. Novamente ele se esbaldou com o dinheiro emprestado. Comeu. Bebeu. Divertiu-se até não mais poder. No entanto, se era bom para inventar e contar histórias, era péssimo de memória, e um dia, talvez esquecido do que fizera, foi procurar os amigos.

O primeiro a ser visitado foi o hipopótamo que, surpreso por revê-lo depois de tanto tempo, perguntou:

– Como está, meu amigo?

O coelho, repentinamente alcançado pela lembrança do dinheiro emprestado, mais do que depressa se passou por aborrecido e chateado, respondeu:

– Mais ou menos...

– Ué, por quê? Aconteceu alguma coisa?

– Estou bem aborrecido.
– Mas o que o aborrece?
– O dinheiro que você me emprestou.
– O que tem ele?
– As coisas não estão nada boas para o meu lado e não consigo pegar o dinheiro que havia separado para pagar a você.
– Como assim?
– Eu o enterrei e agora não consigo tirá-lo do buraco.
– Mas por que não me chamou? Somos amigos, não somos? Amigos são para essas horas.
– Fiquei com vergonha...
– Ah, mas o que é isso?...
– Sério. Como poderia lhe pedir qualquer tipo de ajuda se ainda não lhe paguei?
– Bobagem!...
– Acha mesmo?
– Como não? Se você pedisse...
– Se eu pedisse?
– Eu o ajudaria. Somos amigos, não somos?
– Talvez haja uma maneira de você me ajudar a pegar o dinheiro para lhe pagar.
– Qual?
– Como você tem muita força, eu te amarro com essa corda muito grossa, pois sabe como é, não? O saco de dinheiro é bem pesado...
– E daí?

– Exatamente. A outra ponta eu vou amarrar no saco de dinheiro.

– E o que eu faço depois?

– Puxe o mais forte que puder e quando alcançar o saco de dinheiro, tire o que lhe devo.

Sempre disposto a ajudar os amigos e de nada desconfiando – desconfiar de um amigo, ele? Nunca! –, o hipopótamo concordou.

– Eu já volto – prometeu o coelho, partindo rapidamente com a outra ponta da corda nas mãos. Chegando à casa do elefante, repetiu a história que contara para o hipopótamo e como o elefante era tão bondoso e simpático quanto o outro, e também tinha o coelho na conta de um grande amigo, acreditou. Deixou que ele amarrasse a segunda ponta da corda em torno de si. Feito isso, o coelho correu, e ainda correndo, gritou:

– Pode puxar, amigo!

De nada suspeitando – afinal de contas o coelho era amigo de ambos e amigos de verdade não vivem de falsidades uns com os outros –, o hipopótamo e o elefante puxaram, cada um por sua ponta da corda.

Puxaram. Puxaram. Como puxaram!

– Nossa, que saco pesado! – observou o elefante de um lado.

– Minha nossa! – espantou-se o hipopótamo, o corpanzil estremecendo tamanho era o esforço que fazia. – Deve haver uma verdadeira fortuna nesse saco!...

Não se moviam. Por mais que puxassem, não saíam do lugar. Ficaram três dias inteiros se esforçando, puxando, resmungando e reclamando do peso do tal saco de dinheiro do coelho.

– Que tesouro! – bufou o hipopótamo, esperançoso.

Por fim, cansados e, consequentemente, muito chateados, pararam de puxar e tanto um quanto o outro resolveu seguir a corda na esperança de chegar até o saco de dinheiro.

– Tem alguma coisa errada aqui! – finalmente desconfiou o elefante.

Deram de cara um com o outro e, furiosos, resmungaram:

– Fomos enganados!

Dura lição aprendida: na vida, muitas vezes a força do forte é inútil diante da esperteza do mais fraco.

Ah é: e deixaram de falar e, mais ainda, de acreditar no coelho.

Fim da amizade.

(Extraído do livro *Uma Ideia Tola & Outras Histórias Moçambicanas*, de Antônio Sobreira, Edições Educacionais, Beira, Moçambique, 1987.)

6. Sinaportar

Não faço ideia de onde li a frase, mas ela ficou zanzando todos esses anos por minha mente, e eu sempre me recordo dela quando também me recordo das muitas histórias que ouvi de Marruca, a nossa cozinheira, e dos outros tantos que conheci quando meu pai, engenheiro, construía estradas de ferro em Moçambique...

"Tudo que é bom dura o tempo suficiente para tornar-se inesquecível".

Não sei quem disse ou escreveu. Recordo menos ainda onde li. Está na minha cabeça e eu gosto dela. Ponto final. Se te interessa tanto, procure você mesmo pelo autor e me deixe em paz.

O que ela quer dizer?

Nada e tudo ao mesmo tempo. Na verdade, penso que posso resumi-la numa palavra e dar-lhe importância somando todos os sentimentos que desperta em meu coração...

Saudade

Muito do que aprendi na vida e boa parte do que sou construiu-se a partir de tudo o que vi, mas, acima de tudo, ouvi nos meus anos de infância e adolescência nos quatro cantos de Moçambique.

Histórias, muitas histórias.

Palavras, muitas palavras, mais do que posso me lembrar.

Sou o que li. Vivo pelo que ouvi.

Uma das histórias que ouvi e jamais esqueci me foi contada em Sofala. Falava de Sinaportar, o filho único de um casal extremamente pobre daquela região:

"Certa manhã, seu pai, que era artesão, lhe entregou 150 cachimbos para serem trocados por mapira[1] em algumas localidades ao sul de onde moravam.

– Estou doente, filho, e dessa vez não posso eu mesmo ir vendê-los – informou.

---
[1] **Mapira** - Espécie de sorgo usado como alimentação e na fabricação de certo tipo de cerveja em regiões como a província de Manica, em Moçambique.

Sinaportar não fez nenhuma pergunta nem se queixou da longa jornada que seria obrigado a fazer até a aldeia mais próxima. Simplesmente colocou os cachimbos num saco de pano e, lançando-os às costas, partiu. Lá chegando, pôs-se a reunir em torno de si as pessoas que passavam. Apresentou os cachimbos e, como lhe orientara o pai, ofereceu sua mercadoria, dispondo-se a trocá-la por mapira.

– E quanto você quer por um cachimbo? – perguntou um homem.

Na pressa de obedecer e ajudar o pai, Sinaportar esquecera-se de lhe perguntar o preço dos cachimbos. Afinal de contas, era sempre o pai que se incumbia da venda e ele apenas carregava o que era produzido. Não tinha a menor experiência em negociar o que quer que fosse. No entanto, pressionado pelas pessoas, que estavam cada vez mais interessadas – eram realmente belos cachimbos –, resolveu dar-lhes um preço:

– Encham os buracos dos cachimbos com mapira – disse.

– Como? – muitos mal conseguiram disfarçar seu espanto diante do valor pedido.

– Foi o que eu disse – insistiu Sinaportar, cada vez mais cheio de si. – Essa é a quantia!

Ninguém disse nada. Apressaram-se em fazer o que ele pedira e em muito pouco tempo já não restava cachimbo algum nas mãos dele.

O jovem ficou feliz e os compradores mais ainda, tanto que muitos, no auge do entusiasmo, chegaram a afirmar:

– Volte sempre, Sinaportar. Traga o que tiver para vender e nós compraremos pelo preço que você pedir.

Feliz da vida, Sinaportar correu para casa e entregou tudo o que ganhara à mãe.

À noite, enquanto jantavam, seu pai quis saber quanto havia lhe rendido a venda dos cachimbos. Quando o menino lhe contou o que fizera, o pai irritou-se – afinal de contas, tudo o que o filho ganhara estava sendo comido naquela única noite.

– Eles se aproveitaram da sua inexperiência, meu filho! – disse, furioso, enquanto explicava que os cachimbos valiam bem mais do que a gente da aldeia pagara por eles. Triste, ainda sofrendo com a doença que lhe tirava toda a energia, concluiu: – Eles o fizeram de bobo, meu filho!

Sinaportar também ficou muito triste. Não se zangara com o pai. Sentiu-se enganado pelas pessoas, feito de bobo, como dissera o pai, mas em momento algum zangado. Quando algo acontecia e de alguma forma o aborrecia ou o levava a decepcionar seu pai, o que, claro, o aborrecia ainda mais, Sinaportar se punha a pensar. Pensava e pensava muito. E foi depois de muito pensar que ele virou para o pai e pediu:

– Sei que teve muito trabalho para fazer os cachimbos, meu pai, mas deve me dar uma nova oportunidade.

— Oportunidade? – repetiu seu pai. – Que oportunidade?

— Faça qualquer outra coisa para que eu possa vender e lhe trarei bastante comida.

— Mas como acha que conseguirá recuperar todo o prejuízo que teve com a venda dos cachimbos?

— Essa é minha preocupação, pai. Apenas faça alguma coisa...

— Coisa? Que coisa?

— Esteiras...

— Esteiras?

— É, faça muitas esteiras e deixe que eu as venda.

O pai de Sinaportar ficou pensando. Não tanto quanto o filho, mas pensou.

Em que estaria pensando o menino?

Deveria atendê-lo?

E se seu pedido se transformasse em novo, e até maior, prejuízo?

No entanto, como amava muito o filho, resolveu atendê-lo. Durante quase três meses trabalhou e trabalhou por dias inteiros até ter trinta esteiras prontas.

— Pegue, meu filho, – disse – e faça o que achar que deve fazer.

Isso dito e ouvido, Sinaportar voltou à mesma aldeia onde vendera os cachimbos. Mal o viram, seus moradores cercaram-no, os mais eufóricos perguntando:

— O que trouxe desta vez para vender, garoto?

— Esteiras – respondeu Sinaportar.

– E quanto custa?
– Vocês pagarão o que eu pedir?
– Foi o que lhe dissemos, não foi?
– Pois o preço é o mesmo.

Astuciosos, todos sorriram, ansiosos para mais uma vez se aproveitar da ingenuidade de Sinaportar.

– Podem dobrar as esteiras e encham de mapiras como fizeram com os cachimbos.

Todos pararam de sorrir e se sentiram enganados, tanto quanto haviam enganado o menino meses antes, mas como haviam se comprometido a pagar-lhe o preço que pedisse, não tiveram alternativa a não ser pagar."

Volta e meia ao longo de muitos anos de minha vida, fui Sinaportar.

(Extraído de *Reminiscências de um jovem professor*, de Antônio Sobreira, publicado por Edições Memorial, Braga, Portugal, 1963.)

7. O filho desobediente

Era uma vez,
uma mulher que não podia
ter filhos.
E isso, para ela,
era um empecilho
à sua felicidade.
Depois de muito tentar
e nada conseguir,
ela teve uma ideia:
vou um filho moldar
só pra mim.

E assim
o fez.
Moldar,
para se entender,
é fazer
o que se quer
com o que se tem.
Uma cadeira
com pedaços de madeira,
uma panela
com o barro,
e no caso da mulher,
para resolver o seu
drama,
um pouco de lama.
Preocupada,
enquanto o fazia,
ela informava
e repetia:
"– *Filhinho querido,*
te dou a vida,
te darei carinho,
nunca te deixarei sozinho.
Mas te faço apenas um pedido:
evite brincar longe de mim
e assim
não vai se dissolver
quando chover."

Como qualquer um bem pode imaginar,
a criança foi crescendo.
E quanto mais crescia,
mais queria
se aventurar.
Ia pra lá e pra cá
sem se preocupar.
E certo dia,
desobediente,
não percebeu que, de repente,
começou a chover.
Somente quando a chuva
já caía
e ele passou a sentir
que se desfazia,
é que se preocupou;
pior,
se apavorou.
Correu,
gritou,
pulou.
E enquanto corria,
que horror,
se dissolvia em
lama que fora
e que voltaria a ser.
"– Mamãe sempre disse
que eu a ouvisse

e não brincasse
nem ficasse longe de casa,
pois a chuva
seria sempre minha inimiga,
tiraria minha vida,
me levaria a dissolver,
deixar de ser
a criança que sou."
Cantava
enquanto corria e chorava.
Apesar da chuva forte,
da possibilidade da morte,
chegou em casa aos pedacinhos,
que a mãe,
com desespero, mas muito carinho,
conseguiu juntar
aos pouquinhos
o boneco de barro
que chamava de filho.
"– Filho amado,
meu coração sofrido
Está aborrecido
e cansado de dizer
que você pode morrer.
Gostaria de ser ouvida
e ser obedecida."

O menino concordava
e repetia,
falava que entendia...
*"– Se na chuva ficar,
eu vou me acabar."*
Todavia,
passados apenas uns poucos dias,
ignorava a recomendação
e ia para bem longe,
se aventurar,
brincar.

De fato,
era desobediente,
e criança desobediente,
mais cedo ou mais tarde,
sente na pele
o resultado de sua falta de juízo.
De uma chuva ele escapou
e noutro dia
– que agonia! –
foi a mãe que o salvou.
Mas por fim,
a chuva o alcançou
antes que tivesse tempo de correr
ou de se esconder,
e o molhou.
Molhado

– coitado!... –
começou a dissolver.

Triste arrependimento,
chegou tarde demais,
o menino dissolveu-se
num instante,
bem distante
dos braços e do amor
de mãe.
"– *Mamãe disse pra obedecer,*
para não ir para bem distante,
pois podia dissolver..."

O menino sumiu
e a mãe, coitada,
que nunca mais o viu,
abandonada,
pouco depois também morreu,
apaixonada.

(Texto coletado num hospital de Nhamatanda durante a guerra civil, em meados de 1981, e publicado no livro *Gorongosa – Poemas para crianças inteligentes*, de Antônio Sobreira, Livros da Nação, Sofala, Moçambique, 1994.)

8. Os três amigos

Houve, muito tempo atrás, três amigos que eram realmente muito amigos. Onde quer que um estivesse, os outros dois também estariam, e não existia brincadeira ou trabalho que envolvesse um deles que os outros dois amigos não aparecessem no momento seguinte para ajudá-lo ou se divertir. Espantava a amizade desses três, e para sua gente, os macuas[1], muitas histórias se contavam sobre as diversas peripécias em que se viam constantemente envolvidos. Verdadeiras

---

[1] Povo macua - é o maior grupo étnico ao norte de Moçambique, ocupando o sul da Tanzânia, ao longo das margens do Rio Zambezi. Também estão espalhados pela África do Sul.

ou fantasiosas, essas histórias eram contadas sempre que um grupo de macuas se reunia em torno de uma fogueira ou viajava pelas florestas da região. Uma das mais conhecidas é aquela que narra como a única menina do trio trouxe um gato para casa – bichano, aliás, que daquele dia em diante também faria parte de muitas de suas aventuras.

É mais ou menos assim...

"Certa manhã, os três entraram no pequeno carrinho de madeira que construíram durante todo aquele mês e resolveram dar um passeio. Bem entendido: os três revezavam dentro do carrinho, de modo que sempre houvesse dois a puxá-lo e um a ser carregado.

O passeio transcorria na maior tranquilidade – o dia era lindo, o céu azul e sem qualquer nuvem, o calor bom o bastante para aquecer docemente e não queimar implacavelmente... essas coisas. Um pouco depois do meio-dia, encontraram uma imensa cobra negra atravessada na estrada. Pararam. Não podiam passar. Sem pensar muito, mas antes de mais nada morrendo de medo, resolveram recuar e encontrar um novo caminho.

Para que se arriscar?

O mais velho dos três, no entanto, querendo se mostrar corajoso, valente, virou-se para os outros e rugiu:

– Nem pensar! Eu posso matar essa cobra com meu cajado!

– Eu é que vou matá-la – protestou o menino do meio. – Esqueceu? Eu tenho o anel da grande magia do meu avô. Ele tem grande poder e, se eu quiser, ele pode me ajudar a fazê-la em pedaços!

– Pois já que é assim, eu não posso abandoná-los – disse a menina, a mais nova dos três, porém, bem corajosa. – Vou matá-la com o meu sapato.

A cobra era muito, mas muito grande, e enquanto os três discutiam o que fazer ou como fazer, ela foi se achegando, sibilante, imponente, ameaçando:

– Vocês não sabem o que estão dizendo. Querem me matar? Podem até tentar, mas eu vou comer a todos.

E sem lhes dar a menor chance, num único bote, os engoliu.

Coisa horrível, assombrosa, os três nem tiveram tempo ou oportunidade de gritar, pois viam apavorados o carrinho de madeira sendo destroçado pela enorme boca que se fechava em torno deles.

– É o nosso fim! – choramingou o menor dos meninos, que era o do meio.

O silêncio dos outros dois, sombrio, não deixava a menor dúvida de que concordavam com ele.

Nesse momento, um pouco antes ou um pouco depois, um gato preto abandonou seu esconderijo na mata e se aproximou da cobra.

– Nossa, amiga cobra, o que andou comendo para ter uma barriga tão grande?

A cobra, toda orgulhosa, mas igualmente enfastiada, agradou-se de si mesma e respondeu:
– Vê os restos daquele carrinho?
– Como não? A quem pertence?
– Às três crianças que vieram aqui me matar e que acabo de engolir.
O gato se aborreceu:
– Mas como é isso? As crianças...
– Eu as engoli.
– Mas que crueldade!
– Era elas ou eu.
– Não acredito.
– Por que não?
– Uma criatura tão grande e poderosa como você decerto assustaria qualquer um, ainda mais três crianças...
– Bom, eu já as engoli...
– Mas pode desengolir.
– E por que eu o faria?
– Ora, elas são crianças...
– Não mais...
– Como é que é?
– Agora elas são o meu almoço e se você me der licença, tenho muito o que saborear.
– Ah, nem pensar! – condoído com a situação dos três amigos, o gato preto lançou-se corajosamente contra a cobra exibindo garras bem afiadas, prontas para cortar.

A cobra não esperava por aquele gesto e recuou, perguntando:

– O que é isso, meu amigo?
– Você não tem coração, dona cobra!
– Por quê?
– Onde já se viu? Comer criancinhas!
– Ué, por quê? Dizem por aí que elas são bem gostosas!...

Ao ouvir a feroz discussão, a menina apelou:
– Por favor, nos ajude! Não queremos morrer!...

O gato, alcançado por uma grande compaixão – pobres criancinhas! –, voltou-se mais uma vez para a cobra e perguntou:

– São as criancinhas que você pretende comer?
– Não – respondeu a cobra, desafiadora. – São as crianças que eu vou comer!
– Ah, não vai, não! – o gato, irritado, se jogou sobre a cobra, garras e dentes rasgando e cortando tudo o que encontravam pela frente. A cabeça da cobra voou para longe e ao abrir-lhe a barriga, de lá o gato retirou os três amigos.

Dizem que desde esse dia, o gato tornou-se um animal estimado, hospedado pelos macuas, e muito respeitado como um grande amigo em seus lares."

(Conto macua coletado pelo Professor Antônio César Gomes Sobreira e publicado no livro *Karingana wa Karingana*, Edições Trapobana, Braga, Portugal, 1963.)

9. Há muito tempo

Há muito tempo, quando os ronga[1] ainda não existiam e os animais falavam a mesma língua e viviam juntos, uma grande seca tomou conta da floresta. As lavouras ressecavam, os pastos não produziam nem alimentavam, e os rios e lagos secavam, trazendo o silêncio pesado da morte sobre todos. Ninguém sabia o que fazer, como enfrentar tamanha dor e calamidade. Como era de se esperar, ou pelo menos imaginar, diante de tanto sofrimento todos resolveram reunir-se

---

[1] **Povo ronga** - povo que habita o extremo sul de Moçambique, também estedendo-se pela África do Sul. Falam o ronga, língua de origem bantu semelhante ao tsonga.

em busca de uma solução, "se é que houvesse uma", diziam os mais pessimistas. Falaram, falaram e falaram. O problema era grave e nenhum deles negou tal fato. Não havia soluções mágicas nem fáceis. Esperar simplesmente, no entanto, parecia ser uma sugestão que nenhum dos animais da floresta aceitaria com facilidade. Precisavam agir, de algo que de alguma forma os ocupasse e lhes desse algum tipo de esperança. Por fim, o elefante, conhecido por sua paciência e sabedoria, admirado pela maneira clara e ponderada com que expunha seus pontos de vista, assegurou que a resposta estava no trabalho.

Poucos entenderam e ele calmamente explicou:

– Podemos e devemos trabalhar a terra para que assim que chova, possamos semear e ter grandes colheitas, e consequentemente podermos armazenar parte do que colhermos e nos proteger de tempos ruins como este que enfrentamos no momento.

Todos concordaram e na mesma ocasião elegeram o elefante como seu rei. Vale esclarecer que apenas um dos bichos não concordou e, malandro, o coelho apressou-se em fugir do trabalho, escondendo-se em sua toca. Mais uma vez, como bem sabemos, ele confiava mais na esperteza do que no trabalho.

Sabe como é, não?

Os animais trabalhavam muito e quanto mais os via trabalhando, menos interessado em sair, aparecer na floresta, ficava o coelho.

– Pra quê? Para que me deem algo para fazer? – perguntava-se, entocado e quieto, cansado só de ver os outros trabalhar. – Nem pensar!

Como é fácil de imaginar, assim que a chuva caiu e a mandioca, o milho e o amendoim foram semeados, ele, mais do que depressa, ficou de orelhas bem abertas, atento. Os campos novamente cheios de vida, as plantações crescendo a olhos vistos, deixaram-no ainda mais feliz do que aos outros animais.

– Comida... – gemeu, com a boca cheia d'água. – Muita comida...

Ele bem que tentou aparecer na colheita e, fazendo-se de desentendido, pegar a sua parte daquilo que não participou nem um pouco para produzir, mas os outros animais o afugentaram.

– Quem não trabalha não come! – esbravejou o leão, com raiva.

– É melhor deixar alguém de guarda – advertiu a hiena. – Esse coelho é tão preguiçoso quanto esperto. Se a gente descuidar, ele rouba tudo!

Todos concordaram e o macaco foi incumbido de vigiar a plantação.

Foi inútil. Logo na primeira noite, o coelho encontrou um jeito de enganar o pobre coitado: deu-lhe tanto mel, mas tanto mel, que o macaco engordou três quilos só naquela noite, mal saía do lugar de tão cheio. Pior: só quando os outros animais chegaram no dia seguinte é que descobriram que o coelho comera de se empanturrar.

Aborrecidos, bateram no macaco e escolheram um novo sentinela. Inútil. Animal após animal, todos foram de um modo ou de outro enganados pelo coelho, que comia e comia como se a plantação inteira lhe pertencesse. Comia e se divertia.

– O que vamos fazer? – perguntou a girafa, indignada. – Isso não pode continuar assim!

Todos concordaram, mas ao mesmo tempo também se perguntavam:

– O que fazer?

O mais velho dos animais da floresta teve uma ideia: fariam um espantalho para afugentar o coelho.

– Como é isso? – alguns se perguntavam.

Rapidamente arranjaram um punhado de galhos de árvores de todas as formas e tamanhos, um chapéu e roupas velhas. Juntaram tudo com cola bem forte e pegajosa, das mais grudentas que conseguiram encontrar tão depressa. O espantalho ficou parecido com aquele bicho novo e arisco que estava aparecendo pela floresta, até então em bandos inofensivos, chamado homem.

– Eles são bem feios! – observou um hipopótamo de olhos estreitos, sonolentos, quase fechados.

– Nada poderia ser melhor para assustar aquele coelho – afirmou o animal mais velho, enquanto colocavam o espantalho bem na frente da extensa plantação.

Mal a noite chegou, o coelho apareceu para se alimentar.

– Oba, parece que hoje não tem nenhum guarda – sorriu, entusiasmado, esfregando as patinhas uma na outra. – Acho que se cansaram de ser enganados...

Espantou-se ao deparar com o espantalho.

– Ué, quem é você, meu amigo? – perguntou – Guarda novo?

Rodeou-o, mais e mais intrigado.

– Não tem medo do escuro? – zombou. – Na sua idade, vovô, eu teria... – parou para observá-lo melhor. – Mas você é bem feio, hem?

Ia e vinha. Desconfiado, inquietou-se com o silêncio. Olhou ressabiado de um lado para o outro.

– O que houve? Não tem língua? – estava aborrecido. – Ou está achando que é melhor do que eu? É isso, é?

Olhou para a plantação.

– Os outros estão escondidos ali, não é? – perguntou. – Você só está aqui para me distrair. Mas o que é que há, vovô? Não vai falar?

Empurrou-o.

– Ah, é? Então você vai ver uma coisa – disse-lhe, e, em seguida, lhe deu um soco. Atingiu justamente um dos galhos mais sólidos, aquele que servia de coluna ao espantalho. Gritou de dor. – Mas o que é você, seu velho? – calou-se e ao perceber que a pata que doía terrivelmente estava presa, colada ao espantalho. – Solta! Solta!

Chutou. Esperneou. Agitou-se feito louco. Socou novamente com a outra mão e, alarmado, a viu prender-se também. Socou e chutou e acabou totalmente preso ao espantalho.

– Folta! Folta! – gemeu, desesperado e fanho, depois que tentou mordê-lo e acabou preso pelo focinho.

Quando imaginou que tudo o que poderia acontecer de pior já havia acontecido, os outros animais apareceram e riram muito. Em seguida, deram-lhe uma grande surra. O espertalhão apanhou tanto, mas tanto, que prometeu nunca mais tentar explorar o esforço dos vizinhos da floresta. Prometeu igualmente trabalhar sempre que lhe pedissem, mas isso, claro, como todos podem bem supor, foi uma promessa que ele, na primeira oportunidade que teve, não se preocupou em cumprir.

(Conto ronga encontrado entre as anotações do Professor Antônio Sobreira e publicado postumamente na revista *Zonestraal*, de Antuérpia, Bélgica, no verão de 2007.)

10. O coelho e a festa dos animais com chifres

(Peça infantil adaptada de um conto chuabo[1])

Personagens:

Coelho
Coelha
Búfalo
Cabrito
Rinoceronte
Vaca
Antílope
Girafa

---

[1] **Povo chuabo** – concentra-se no centro sul da província de Zambezia, Moçambique, até a fronteira com o Malauí. O nome Chuabo significa 'povo do forte', pois esse grupo ocupa as imediações do que foram os principais fortes portugueses no período da colonização.

CENA 1

(Coelho e Coelha entram em cena. O palco do teatro está caracterizado como uma pequena floresta. Os dois se escondem no meio do mato alto e, como venta, a Coelha segura as grandes orelhas enfeitadas com dois enormes laços vermelhos. O Coelho levanta os óculos escuros que está usando e os coloca no alto da cabeça. Protegendo os olhos da claridade, coloca uma das mãos entre o rosto e o sol enquanto aponta para a frente com a outra mão)

COELHO – Olha! Olha! Está vendo?

COELHA – Nossa!... Você disse que eram muitos, mas eu não poderia imaginar que havia tantos animais de chifre na floresta.

COELHO – Na floresta, na savana, mesmo no deserto, e estão todos vindo para cá.

COELHA – Para a grande festa?

COELHO – É, a maior e a melhor festa da floresta. Você não concorda comigo que é uma grande injustiça nós não participarmos?

COELHA – Não podemos mesmo?

COELHO – Nem pôr os pés na porta.

COELHA – Por que não temos chifres?

COELHO – Exatamente.

COELHA – Que absurdo!

COELHO – Preconceito, isso sim. Ah, mas eu não vou deixar que...

COELHA – Que? Você vai na festa?

COELHO – Pode apostar as suas orelhinhas como vou.

COELHA – Mas que bobagem! Você não tem chifre...

COELHO – E desde quando um pequeno detalhe como esse me impediu de conseguir o que quero?

COELHA – Você tá maluco! E se eles te pegam?

COELHO – Primeiro, minha querida, eles terão que pegar, não é mesmo?

COELHA – Mas e se eles te pegam na festa? Aqueles chifres todos... nossa,

63

eu não quero nem pensar o que poderiam fazer contigo!...

COELHO – Pois então não pense!

COELHA – Mas como?

COELHO – Por quem você me toma, fofinha? Eu não sou nenhum tonto. Não vou ficar esperando algum deles desconfiar.

COELHA – Coelhinho, meu querido coelhinho...[1]

COELHO – Está decidido! Irei à festa dos animais com chifres!

COELHA – Ai, meu Deus!...[2]

[1](O Coelho anda de um lado para o outro pelo palco, peito estufado, arrogante. Tira e coloca os óculos.)

[2](Os dois saem de cena.)

CENA 2

(Coelho e Coelha entram em cena. O Coelho vem carregando um monte de objetos: ossos de vários tamanhos, chifres de todas as formas, peles de outros animais etc.)

COELHA – Afinal de contas, que confusão toda é essa, coelhinho?

COELHO – Coisas...

COELHA – Que coisas?

COELHO – Coisas...

COELHA – Isso eu sei, não sou cega!

COELHO – Parece.

COELHA – Ah, você acha, é?

COELHO – Você viu de onde tirei tudo isso, não?

COELHA – Da toca, ora...

COELHO – Pois é, isso tudo é parte de minha coleção.

COELHA – Mas como você conseguiu tudo isso?

COELHO – Caçando. De que outro jeito seria?[3]

COELHA – Caçando, você?

COELHO – É... minha nossa, como pergunta essa coelha!

COELHA – Leões, leopardos... elefantes!

[3](Coelha apanha alguns chifres e fica contemplando-os com descrença.)

COELHO – Hum, hum...

COELHA – E você lá é caçador? Desde quando?

COELHO – Puxa, mas você é chata mesmo, não?

COELHA – Vai, vai. Responde. Não pode, né?

COELHO – Eu caço catando, ora...

COELHA – Como é que é?!

COELHO – Foi o que você ouviu. Eu ando por aí catando coisas e essa é parte da minha coleção. A parte mais interessante, se você quer saber. Satisfeita agora?

COELHA – Bem...

COELHO – Ah, deixa de ser chata e me ajuda aqui, vai.

COELHA – Ajudar? Ajudar em quê?[4]

COELHO – A encontrar um chifre que possa me ajudar a entrar na festa dos

[4](Coelho joga a coleção de ossos e outros objetos que carrega no chão entre os dois.)

bichos, o que mais seria, sua perguntadeira?!

COELHA – Eu ainda continuo achando que essa sua ideia...[5]

COELHO – Olha, muito ajuda quem pouco atrapalha, está bem? Se você não quer me ajudar...

COELHA – Nossa, benzinho, assim você me magoa. Eu não disse isso.

COELHO – Ah, não? E o que foi que a senhora disse que eu não ouvi?

COELHA – Que tudo isso é uma loucura. Se aquela gente te pega...

COELHO – Vai recomeçar, é?

COELHA – Até você pôr um pouco de juízo nessa cabeça peluda e desmiolada.
Ah, benzinho, esquece isso e vamos sair por aí...

COELHO – É isso mesmo.

COELHA – Isso o quê?

[5] (Coelho se agacha e começa a vasculhar o monte de objetos.)

COELHO – Você pode ir saindo por ali e me deixando em paz, que eu tenho muito o que fazer.

COELHA – Mas... Mas...

COELHO – VAI!

COELHA – Mas...

COELHO – Pode ir?

COELHA – Eu fico!

COELHO – Vai... Vai...

COELHA – Eu fico e sabe por quê?

[6](O coelho fala virando-se para a plateia.)

COELHO – Eu não tenho tanta sorte assim, sabe? Ela vai dizer.[6]

COELHA – Sabe?

COELHO – Não, amor, mas não deixe que isso a impeça de dizer. Vai, diz.

COELHA – Porque você não manda em mim!

COELHO – Então, tá!⁷

COELHO – O que foi?

COELHA – Espetei o dedo em alguma coisa...⁸

COELHO – Você é demais, fofinha!⁹

COELHA – Ué, por quê? Porque espetei meu dedo?

COELHO – Porque encontrou exatamente o que eu procurava.¹⁰

COELHO – Ah, perfeito.

COELHA – Não, amor, está machucando só um pouquinho...

COELHO – Eu acho que ninguém vai desconfiar...

COELHA – Ah, sim, eu acredito que vá doer toda vida, mas não se preocupe, não. O que é o meu sofrimento diante de sua alegria e satisfação, não é mesmo?

COELHO – Como disse, fofinha?

⁷(Coelho começa a vasculhar os ossos e objetos. Apanha um, depois outro e examina os vários tipos de chifres que tem à mão – de boi, galhada de cervo, um chapéu *viking*. Coelha, os braços cruzados sobre o peito, chateada, anda de um lado para o outro, mas, por fim, agacha-se e começa a remexer os objetos. Coelho sorri. Ela retribui. Nesse momento, espeta a mão em algo e grita.)

⁸(Coelho olha para um par de cornos caprinos que ela aponta.)

⁹(Coelho beija a coelha.)

¹⁰(Coelho pega o par de chifres e o examina. Sorri e o coloca na cabeça. Retira um pequeno espelho oval do bolso e analisa-se com os cornos seguros sobre a cabeça.)

COELHA – Ai, ui, ai, ui, ui, ai...

[11](Ainda olhando-se no espelho.)

COELHO – Com certeza.[11]

[12](Virando-se chateada para a plateia.)

COELHA – O amor não é lindo, gente?[12]

COELHO – Ah, deixa de ser reclamona e vem me ajudar aqui, vai.

COELHA – Mais ainda?

[13](Coelha sai de cena pisando duro, irritada.)

COELHO – Ué, eu preciso colar esses chifres. Vai, traz a cola, traz.[13]

COELHO – Cara, eu estou demais. Acho que nem a minha mãe me reconheceria agora com esses chifres. Sabe, tem horas que eu mesmo me espanto com a minha própria esperteza.[14]

[14](Olhando-se no espelho.)

BALÃO EM *OFF* COM A VOZ DA COELHA – Humilde...

[15](Coelho sai apressadamente de cena.)

COELHO – Mas o que é isso? Você ainda não foi buscar essa cola?[15]

CENA 3

(Coelha ajeitando e colando os cornos caprinos na cabeça do coelho.)

COELHO – Que tal?

COELHA – Nossa, amor, você está um verdadeiro chifrudo.

COELHO – Como é que é?

COELHA – Foi você que perguntou.[16]

COELHO – Está demais, cara.

COELHA – Querido...

COELHO – O que foi agora?

COELHA – Tudo bem, os chifres já estão no lugar, você colocou a sua melhor roupa, mas...

COELHO – É, contigo sempre tem um "mas", não é?

COELHA – Fazer o que, né? Eu sou detalhista.

COELHO – Sim, sim, e qual é o detalhe desta vez, posso saber?

COELHA – Mesmo com esses lindos chifres que você está usando, restou-me uma dúvida.

[16](Coelho retira mais uma vez o espelho oval do bolso e se olha, cheio de si.)

COELHO – E qual é essa dúvida?

COELHA – Os animais com chifres são cegos?

COELHO – Como assim cegos? Mas é claro que eles não são cegos, que bobagem!

COELHA – Ah, não?

COELHO – Não. Escuta: dá pra você ir direto ao assunto?

COELHA – O assunto?

COELHO – Por favor...

COELHA – Sabe, amor, nós dois concordamos que eu te amo de paixão, você é o pezinho de coelho da minha sorte e coisa e tal, mas até você terá que concordar que, apesar dos belos chifres que está usando, você ainda é um coelho. Um coelho com chifres, vá lá, mas mesmo assim – ah, triste detalhe! – um coelho.

COELHO – Sim, pois não.

COELHA – Então?

COELHO – Então o quê?

COELHA – Se nós dois concordamos com isso e estamos vendo a mesma coisa, se, como você disse, os animais com chifres não são cegos...

COELHO – Não, não são.

COELHA – ... Será que eles não irão notar que você é um coelho e não irão pensar que coelhos não têm chifres?

COELHO – Apenas um tem chifres.

COELHA – Sério, coelhinho? Qual?

COELHO – Apenas eu, não lhe parece evidente?

COELHA – Uma espécie nova talvez...

COELHO – Exato.

COELHA – Que espécie?

COELHO – Como assim?

COELHA – Uai...

COELHO – Uai?

COELHA – Eu sou uma coelhinha mineira, sô.

COELHO – Mas aqui?

COELHA – Você não sabia? Tem mineiro em tudo quanto é lugar.

COELHO – Tá, tá, tá.

COELHA – Então, amor, que espécie nova de coelho é você?

COELHO – Ora, a lebre festeira da Tasmânia.

COELHA – Como é que é?

COELHO – A *Forrobodorus lebris tasmanian*, gostou?

COELHA – Ah, vá lá... mas existe isso?

COELHO – É claro que não!

COELHA – Mas...

COELHO – Inventei agora!

COELHA – Será que eles irão acreditar?

COELHO – Eu sei ser bem convincente quando quero.

COELHA – Humilde...

COELHO – Olha, quer saber de uma coisa? Chega de conversa fiada. Eu já vou![17]

[17](Coelho sai de cena.)

COELHA – Cabeçudo, não? Ah, mas é o meu coelhão...[18]

[18](Virando-se para a plateia.)

(Coelha sai de cena.)

CENA 4

(Coelho, com chifres colados na cabeça, entra num grande salão onde vários animais de chifres dançam. Ele está acompanhado por um sorridente rinoceronte. Uma enorme vaca malhada e mocha, usando *dreadlocks* igualmente enormes e multicoloridos, é a DJ e manipula a aparelhagem de som com muito entusiasmo.

Vários cabritos dançam em grupo, executando uma coreografia muito estranha que envolve troca periódica de cabeçadas. Um grande búfalo come enlouquecidamente um punhado de mato e conversa com uma girafa.)

GIRAFA – Nossa, você é porco mesmo, não?

BÚFALO – Acho que você tem que começar a pensar seriamente em usar óculos, querida. Eu sou um búfalo!

[19](Coelho e rinoceronte passam pelos dois.)

GIRAFA – Um búfalo porco![19]

COELHO – Cara, quanta animação! Isso é que é festa!

RINOCERONTE – E você ainda não viu nada, mano velho. Depois da meia-noite, os Zebus Mugidores vão tocar e aí sim o bicho vai pegar! Quer dizer, os bichos com chifres!

COELHO – É nós, cara!

RINOCERONTE – Por falar nisso, irmão chifrudo, a sua espécie muito me interessou. Eu nunca havia ouvido falar antes das tais lebres festeiras da Tasmânia.

COELHO – Ah, nós somos um clube bem exclusivo.

RINOCERONTE – Clube?

COELHO – Quer dizer, espécie. É isso aí, espécie.

RINOCERONTE – Pois é, desde que tornamos nossa festa internacional e abrimos as portas para chifrudos de outras partes do mundo, têm aparecido uns tipos bem estranhos por aqui.

COELHO – O amigo por acaso está me achando estranho?

RINOCERONTE – Ah, não me leve a mal, amigo lebre de chifres, mas você terá de concordar que um coelho de chifres é muito estranho...

COELHO – A Tasmânia também é.

RINOCERONTE – Ah, claro...

COELHO – Espero que isso não venha me impedir de participar da festa.

[20](Rinoceronte se afasta.)

[21](Som aumenta. Coelho com chifres se mistura aos outros animais com chifres e se põe a dançar com um bando de cabras e girafas.)

RINOCERONTE – De maneira alguma, amigo lebre chifruda. Sinta-se em casa.

COELHO – Já me sinto.[20]

COELHO – Aí, galera, hoje eu vou me esbaldar![21]

CENA 5

(Rinoceronte, Cabrito, Antílope e Girafa observam Coelho de chifres dançando animadamente no meio dos outros animais de chifres. Todos têm uma expressão desconfiada no rosto.)

RINOCERONTE – Muito estranha essa lebre com chifres da Tasmânia...

ANTÍLOPE – Também acho...

CABRITO – Eu nunca ouvi falar...

GIRAFA – O que vocês estão pensando? Se não gostam dele, por que simplesmente não o expulsam da festa?

RINOCERONTE – E a solidariedade chifral, onde fica? Ele é um dos nossos!

GIRAFA – Tem certeza?

CABRITO – Suspeita de algo, amiga Girafa?

GIRAFA – Eu não, mas vocês todos estão assim...

RINOCERONTE – Assim como?

GIRAFA – Desconfiados!

ANTÍLOPE – Eu não!

RINOCERONTE – Que absurdo!

GIRAFA – Isso, isso. Mintam para vocês mesmos se quiserem e o quanto quiserem, mas, desde que essa lebre da Tasmânia entrou, vocês não tiram os olhos dela. No que estão pensando?

RINOCERONTE – Não sei, não...

GIRAFA – Uma farsa?

CABRITO – Também pensei nisso.[22]

ANTÍLOPE – Vamos logo tirar isso a limpo![23]

[22](Coçando a barbicha, desconfiado.)

[23](Cabrito e Rinoceronte o seguram.)

RINOCERONTE – E se estivermos errados?

ANTÍLOPE – Como é que é?

RINOCERONTE – É isso aí: e se ele for realmente um de nós?

GIRAFA – Para mim, toda essa história já estaria resolvida se abríssemos as portas de nosso baile para todos na floresta.

RINOCERONTE – Quê?

CABRITO – Tá doido?

ANTÍLOPE – Isso poria de cabeça para baixo a ordem natural das coisas.

GIRAFA – E o que vem a ser isso, querido?

ANTÍLOPE – Cada um na sua. Peixe com peixe, macaco com macaco, chifrudo com chifrudo.

GIRAFA – Esse tipo de coisa já não está meio ultrapassada? Quer dizer...

ANTÍLOPE – Sabemos muito bem o que quer dizer, sua agitadora pescoçuda, mas estamos vivendo muito bem do jeito que estamos e penso que posso falar por todos quando digo que não me interessa esse tipo de mistura.

CABRITO – Claro!

RINOCERONTE – Evidentemente!

GIRAFA – Preconceituosos!

ANTÍLOPE – Chega disso, está bem? No momento temos assunto muito mais importante para resolver...[24]

GIRAFA – O que vocês pretendem fazer?

RINOCERONTE – Por enquanto, nada.

ANTÍLOPE – Eu mandei buscar *A Grande Enciclopédia dos Possuidores de Chifres do Mundo* na Biblioteca Chifral. Quando ela chegar, saberemos se realmente estamos diante de um dos nossos ou de um espertalhão que vai se arrepender de ter entrado em nossa festa sem ser convidado.

[24](Todos olham para o Coelho, que continua dançando feito louco entre os outros convidados.)

[25](Antílope, Rinoceronte e Cabrito se viram para a Girafa, irritados e falam ao mesmo tempo.)

[26](Girafa contrariada)

GIRAFA – Se querem saber o que penso...

Antílope, Rinoceronte e Cabrito – Não, não queremos...[25]

GIRAFA – Credo, mas que gente mais preconceituosa!...[26]

(Todos saem.)

CENA 6

(Coelho com chifres, entre outros animais de chifres, dançando entusiasmadamente. Uma luz forte incide sobre eles.)

[27](Uma cabra muito maquiada e dançando tão efusivamente quanto o coelho se aproxima.)

COELHO – Gente, que festa![27]

CABRA – E não é que é mesmo!

COELHO – Ei, que luz é essa?

CABRA – O sol, bobinho. Já está amanhecendo...

COELHO – Nossa, que calor!

CABRA – Bobagem! Lá na Tasmânia vocês não têm um sol assim?

COELHO – Não tão forte...[28]

CABRA – Ah, qualé!... Ei, o seu chifre está torto![29]

COELHO – Hem?[30]

CABRA – Mas ele não era torto...

COELHO – Era sim...

CABRA – Era não. Eu tenho certeza absoluta...

COELHO – E quem pode ter certeza absoluta sobre qualquer coisa hoje em dia, não é mesmo?

CABRA – Mas eu tenho...

COELHO – Bom para você! Agora se me der licença...[31]

CABRA – Ai, coitadinho, o chifre dele caiu!...[32]

COELHO – Eu não sei o que dizer, gente. Isso nunca aconteceu comigo...[33]

---

[28] (Coelho enxuga a testa com a costa da mão e desloca o chifre que tem colado no lado direito da cabeça.)

[29] (Cala-se, espantada.)

[30] (Coelho tateia a cabeça, nervoso, ajeitando o chifre.)

[31] (Chifre do lado esquerdo do Coelho cai e a Cabra se espanta.)

[32] (Silêncio. Vaca DJ silencia a aparelhagem de som e todos os animais de chifres que dançavam se viram, espantados, para o Coelho, que se agacha para pegar o chifre caído no chão. Ele está usando apenas o chifre do lado direito, que já está torto e também ameaça cair.)

[33] (Chifre do lado direito do Coelho cai.)

[34] (Coelho recua, assustado, com os chifres nas mãos. Os animais de chifres frequentadores da festa cercam-no. Ele se encolhe, apreensivo, sorrindo todo sem jeito.)

[35] (Antílope, Cabrito e Rinoceronte achegam-se atrás dele e impedem o Coelho de continuar recuando.)

COELHO – ... Nem isso![34]

COELHO – Juro![35]

ANTÍLOPE – Como, então, senhor lebre festeira da Tasmânia, os seus chifres são removíveis? O que vai fazer agora? Ir à festa dos coelhos espertalhões?

COELHO – Ai, gente, eu posso explicar tudo direitinho...

CABRITO – Pode mesmo?

RINOCERONTE – Pois então explique!

COELHO – É que a festa de vocês é legal, mas tão legal que eu...

CABRITO – Resolveu tirar uma de penetra, não?

COELHO – É... quer dizer, não! Olha, gente, essa coisa de festa só para esses ou só para aqueles está meio fora de moda, vocês não concordam?

RINOCERONTE – Nós gostamos dela assim mesmo.

COELHO – Bobagem! Vocês gostariam mais ainda se todos os animais da floresta pudessem participar...[36]

GIRAFA – É o que eu vivo dizendo para eles, mas ninguém me escuta.

ANTÍLOPE – Calada sua agitadora! Revolucionária de fim de semana![37]

RINOCERONTE – E agora? O que vamos fazer com ele?

COELHO – Que tal levarmos a minha proposta a votação?[38]

COELHO – Os que forem a favor de abrir as portas da festa para todos, levantem a mão... Ou a pata, se preferirem, né?[39]

COELHO – Vocês não querem um tempinho para pensar? Sabe, esse tipo de comportamento preconceituoso pega muito mal para criaturas tão simpáticas quanto vocês. Somos diferentes, e daí?[40]

COELHO – Vamos tentar de novo?[41]

[36](Girafa se aproxima.)

[37](Girafa, assustada, faz gesto como se fechasse a boca com um zíper e se afasta. Todos se voltam novamente para o Coelho.)

[38](Todos balançam a cabeça silenciosa e negativamente. Avançam ameameaçadoramente na direção do Coelho.)

[39](Todos os animais de chifres que avançam em sua direção cruzam os braços sobre o peito, carrancudos.)

[40](Todos os animais de chifres continuam andando na direção do Coelho, silenciosos e ameaçadores.)

[41](Todos os animais de chifres ainda andam na direção do Coelho em silêncio, balançam a cabeça negativamente.)

[42](Todos os animais de chifres erguem o polegar da mão direita positivamente.)

[43](Todos os animais de chifres se inclinam na direção do Coelho, interessados.)

[44](Coelho sai correndo. Todos os animais de chifres correm atrás dele. Em *off* se ouve uma gritaria, distinguindo--se as vozes do Coelho e de seus perseguidores, além de muito barulho provocado por pancadas.)

COELHO – Isso é definitivo?[42]

COELHO – Bom, então eu acho que não tenho outra alternativa a não ser dizer...[43]

COELHO – ... Adeus![44]

VOZES EM *OFF* – Peguem aquele coelho! Não o deixem fugir! Sem-vergonha! Dê-me aqui essas orelhas!

VOZES EM *OFF* – Calma aí, gente! Isso não é justo! Não, as orelhas não... aaaaaiiiii!

CENA 7

(Coelho, abatido, e Coelha, sorridente, sentados em uma pedra no meio da floresta. Coelho tem a cabeça enfaixada e as orelhas baixas e jogadas para trás.)

COELHA – Eu bem que te avisei...

COELHO – Ah, não recomece...

COELHA – Mas eu avisei.

COELHO – Novidade...

COELHA – Se você tivesse me ouvido...

COELHO – Eu sei, eu sei... nada disso teria acontecido, não é o que você ia dizer?

COELHA – Ainda bem que você sabe. Onde já se viu um coelho grande e velho como você...

COELHO – Grande e velho?

COELHA – As duas coisas!... e não me distraia quando...

COELHO – Olha, amorzinho, eu concordo com tudo o que você está dizendo: que eu fui bobo, que não devia ter ido àquele baile e tentado enganar os animais de chifres...

COELHA – E...

COELHO – Concordo com tudo o que você disse e, tenho certeza, ainda dirá por um bom tempo...

COELHA – Ainda bem que você sabe.[45]

[45](Coelho se levanta e vai puxando as orelhas que estavam escondidas atrás da pedra na qual se sentavam. As orelhas estão compridíssimas e cobertas de curativos.)

[46](Coelho continua puxando as orelhas.)

[47](Coelha tapa a boca para esconder o riso. Coelho vira-se para a plateia com expressão infeliz no rosto, as longas orelhas dobradas e atravessadas sobre o braço direito.)

COELHO – Concordo mesmo...[46]

COELHO – Mas eles precisavam puxar as minhas orelhas desse jeito?[47]

COELHO – Precisava?

FIM

(Conto chuabo adaptado para uma peça teatral por Gomes Sobreira quando professor numa escola nas imediações de Namidobe, em Zambezia.)

11. Namarasotha

Conheci Antônio Malakuene nos tempos de faculdade, em Paris.

Naqueles tempos, formávamos um grande grupo de estudantes africanos, gente vinda de várias partes do continente e que partilhava do sonho comum – e muitas vezes apenas ele nos unia – de ver nossos vários países, primeiro, livres da tutela colonialista, algo até anacrônico, porém bem real naqueles anos de pós-guerra; e, depois, inseridos na modernidade e na democracia ensinada a nós por professores que classificávamos como sonhadores delirantes ou contraditórios pragmáticos.

Não que não tentássemos nos adaptar a qualquer preço e buscássemos a aceitação – algo por demais difícil para qualquer um de nós – mas, na medida do possível, íamos levando. Sabíamos o que queríamos, tínhamos um objetivo, coisa bem diferente da maioria dos jovens de hoje, que não sabem o que querem e comer e beber vira estilo de vida para muitos. Enfim, tínhamos ideais.

Antônio também tinha seus ideais, mas, depois de certo tempo, talvez vencido pela própria frustação, entre o Quartier Latin e certas viagens de trem para Marselha, se perderam em prol de um novo grupo de amigos feito entre alguns endinheirados da Côte d'Azur. No princípio, ele ainda ia e voltava, todavia, após certo tempo, as aulas já não importavam tanto e a África era um lugar remoto, bem distante de suas novas conversas e amigos. Até um carro, um belo e vistoso Bugatti, foi incorporado à sua nova imagem.

Belos carros, amigos espalhafatosos e uma encantadora namorada. Nicole era o seu nome, eu penso. De qualquer forma, um dia Antônio simplesmente sumiu. Não se soube mais dele até que, muitos anos mais tarde, já trabalhando na revista *Le Monde Africaine*, eu o reencontrei num café da Rue des Eau Noire.

Estava sujo e maltrapilho, esmolando. Penalizado, sentei-me e depois de muito café e outros tantos *croissants*, soube que a mulher por quem tanto estava apaixonado, revelara-se por demais fútil e desinteressada dele e de suas histórias revolucionárias, abandonando-o, depois de uns poucos meses, sem eira nem beira numa vila próxima de Nice.

Entre triste e arrependido, ele se disse envergonhado, razão pela qual não procurara os antigos companheiros. Como tive pena dele, consegui que fosse trabalhar conosco na revista. Pouco dinheiro, claro, mas de muito entusiasmo foram feitos os meses seguintes com Antônio. Como que a se penitenciar, ele se tornou um dos mais interessados e aguerridos propagadores não só da libertação das colônias europeias na África, como um grande interessado na cultura de sua gente. Criou-se uma coluna para ele, na qual discorria e apresentava lendas e outros fatos de nosso folclore para europeus naqueles tempos bem interessados em tais assuntos. Entretanto, tudo mudou em meados de 1957, quando, através de um bilhete bem sucinto, Antônio se despediu de nós, falando da volta da mulher que tanto amava.

Ficamos realmente revoltados por semanas, não queríamos pôr os olhos novamente em Antônio Malakuene. Todavia, depois de certo tempo, esfriados os ânimos, chegamos a desejar que tudo desse certo para ele.

Namarasotha foi o último artigo por ele entregue e contava uma velha história de Moçambique, em tudo premonitória à situação de nosso velho companheiro de lutas. Antônio olhou para trás como *Namarasotha* e somente há dez anos, através de um amigo, tive notícias dele. Ele o encontrou na estação ferroviária de Basileia, na Suíça, mais uma vez esfarrapado e mendigando. Soube que Antônio fugiu ao vê-lo. Pena que Antônio, como *Namarasotha*, não possa fugir de si mesmo.

Reproduzo abaixo a última história que publicamos de nosso amigo Antônio, com saudades, muitas saudades.

"Há muito tempo, viveu um homem chamado Namarasotha. Pobre e sempre vestido com trapos, sonhava com coisas grandiosas e com uma vida cheia de riquezas e sem dificuldades. Infelizmente, o tempo ia passando e Namarasotha continuava o mesmo homem pobre que vivia na companhia de seus sonhos grandiosos.

Numa certa manhã, saiu para caçar. Surpreendentemente, mal chegou na floresta, encontrou uma impala morta. Apressou-se em apossar-se dela e quando se preparava para assá-la, um passarinho pousou num dos chifres de sua presa e lhe disse:

– Não coma desta carne, Namarasotha, pois coisa ainda melhor te espera mais adiante!

Mesmo desconfiado, Namarasotha abandonou a impala e avançou mais uns passos para dentro da floresta. Encontrou uma gazela morta. Já pensava em descarná-la e assar um bom pedaço quando outro passarinho surgiu e lhe disse:

– Tenha paciência, Namarasotha, e não coma ainda, pois algo ainda melhor te espera não muito longe daqui!

A fome apertava e Namarasotha se sentia cansado, mas mesmo assim, atendendo ao apelo do passarinho, continuou andando até encontrar uma casa com uma mulher junto à porta, que acenou para que ele se aproximasse. Muito esfarrapado e sujo, ele hesitou e, envergonhado, pensou até em voltar para dentro da mata.

– Aproxime-se! – insistiu a mulher. – Não tenha medo...

– Não estou com medo! – cortou Namarasotha.

– Pois então venha até aqui!

Relutantemente, ele a atendeu.

– Entre – pediu ela, por trás de um largo sorriso.

Namarasotha parou, olhos indo dela para a porta que se abria e voltando mais uma vez para seu rosto sorridente. Não queria entrar. A vergonha era grande. Estava sujo. Esfarrapado. Não era o tipo de homem que qualquer mulher olharia, mas ela tanto insistiu que, por fim, entrou.

– Vai se lavar e veste essas roupas – pediu a mulher. Ele a atendeu e voltou vestido com as calças novas que ela lhe dera. Depois de um novo sorriso cheio de aprovação, ela anunciou: – A partir desse momento, se assim o desejar, essa casa é sua. Quero ser sua mulher, se você me aceitar e se tornar meu marido, será você a mandar e eu, a obedecer.

Namarasotha aceitou o oferecimento da mulher e naquele instante deixou de ser miserável. Com a mulher vieram a fartura e a vida fácil de um teto sobre a cabeça e tudo o que desejasse, pois toda a fortuna e os bens – que não eram poucos – da mulher, passaram a lhe pertencer.

Um certo dia, muito tempo depois daquele em que deixou de ser pobre, Namarasotha e a esposa foram convidados para uma festa. A mulher pareceu preocupada e esforçou-se para não ir, valendo-se dos mais diversos pretextos, mas diante da insistência de seus anfitriões, tanto ela quanto o marido não tiveram outra alternativa a não ser confirmar a presença.

Mal haviam chegado ao seu destino, a mulher, nervosa e realmente apreensiva, virou-se para Namarasotha e recomendou:

– Aproveite bem a festa, meu marido, mas se por acaso resolver dançar, por favor, não se vire para trás.

Namarasotha estranhou tal pedido, mas preferiu não fazer mais perguntas e concordou com a esposa.

A festa era grandiosa e Namarasotha divertiu-se. Fartou-se nas mesas, pois comida era o que não faltava. Conversou com muitos. Alegrou-se e por muito comer, falar e divertir-se, embebedou-se com toda cerveja de farinha de mandioca que lhe foi servida. Bêbado e entusiasmado, esqueceu-se da promessa feita ou simplesmente a ignorou. Dançou, dançou e dançou quase até se cansar, instante em que, por fim, virou-se e olhou para trás.

Tudo aconteceu depressa demais depois disso. Tão depressa que Namarasotha sequer teve tempo de descobrir o que se passava. Tudo sumiu: festa, mulher, a vida boa, as riquezas, a grande casa... E só o que viu no instante seguinte é que voltara a ser o que era antes: um homem pobre e esfarrapado, abandonado a seus tristes sonhos de felicidade. Nada mais."

12. O rato e o caçador

Não me recordo bem onde ouvi essa história, mas ela me veio à mente noutro dia, quando, por conta de uma pequena epidemia de peste bubônica no sul do país, tivemos que realizar uma grande campanha de esclarecimento entre a população local. Nessas horas, o pior inimigo de qualquer projeto educacional é aquele materializado por velhas crenças, de tal maneira arraigadas ao dia a dia das pessoas, que mesmo que sua sobrevivência dependa de enfrentá-las, mudá-las ou simplesmente ignorá-las, esses indivíduos não conseguem fazê-lo.

O rato é um animal muito presente em lendas da região afetada pela epidemia e, na maioria das vezes, representado como figura simpática e benfeitora.

O que fazer?

Transformá-lo da noite para o dia num vilão propagador de um mal terrível revelou-se uma estratégia ineficaz e perigosa, pois, desconfiadas e desafiadas em suas crenças, as pessoas se recusavam a auxiliar de qualquer maneira as equipes médicas. Em tais ocasiões, a confrontação e a força podem até obter resultados, mas eles se tornam precários, bem menores do que o ressentimento, esse sim, permanente.

Acabamos por nos valer da cultura das pessoas, contando e recontando suas lendas e histórias para delas retirar o entendimento e o apoio necessário para o nosso trabalho. Essa fábula fez parte de uma das cartilhas educativas que imprimimos (a lenda original é a que transcrevo, pois a versão didática e higienizadora, apesar de importante, se prestou a um objetivo e não é tão atraente quanto a que segue).

"Conta-se que muito tempo atrás existia um caçador muito conhecido pela infabilidade de suas armadilhas, profundas e invencíveis, que abria e dissimulava extremamente bem no chão. Sua mulher era cega, e com ela tivera três lindos filhos que se constituíam na razão de sua vida. Nada era mais importante e precioso do que sua família, ele gostava de dizer.

Numa certa manhã, quando inspecionava uma de suas arapucas, encontrou o leão que ao vê-lo, visivelmente contrariado, perguntou:

– O que está fazendo em meu território, caçador?

– Estou verificando se apanhei alguma presa em uma de minhas armadilhas.

– Como? Você não sabe que tem que pagar um tributo sempre que caçar nessa região.

– Não...

– Pois agora está sabendo. O primeiro animal que apanhar em qualquer uma de suas ciladas será sempre seu e o segundo, meu. E assim será nos outros tantos apanhados: um para mim e outro para você.

O caçador achou justo e concordou, inclusive convidando o leão para acompanhá-lo. Encontrando em uma das armadilhas uma gazela, como ficara estipulado, se apossou dela e a levou para casa.

– Lembre-se, caçador, a próxima presa será minha! – alertou o leão.

Um bom tempo se passou e numa outra manhã o caçador foi visitar alguns familiares numa aldeia próxima e não retornou. Sua mulher, necessitando alimentar os filhos e ela mesma bem faminta, decidiu visitar algumas armadilhas. Como era cega, descuidou-se e caiu numa delas juntamente com um dos filhos que a acompanhava.

O leão, que a tudo observava, viu que sua presa era uma pessoa, desconhecendo que se tratava da mulher do caçador. Esperou-o pacientemente, certo de que ele cumpriria o combinado e a entregaria a ele.

Na manhã seguinte, o caçador chegou em casa e não encontrou a mulher nem seu filho mais novo. Como os outros filhos soubessem apenas que os dois haviam saído para buscar comida numa das armadilhas, pôs-se a seguir as pegadas que a mulher e a criança tinham deixado. Acabou por encontrá-los dentro de uma das suas mais distantes arapucas, espreitados pelo leão. Este, ao vê-lo, saudou-o com entusiasmo e lembrou:

– Hoje é o meu dia, caçador! A armadilha apanhou duas presas deliciosas e mal posso esperar para cravar meus dentes nelas...

O caçador esforçou-se para disfarçar o medo e a angústia que sentiu ao ver sua mulher e seu filho presos, e mais ainda, diante da perspectiva de ter que entregá-los àquela criatura esfomeada.

– Sentemos, amigo leão...

– Pra quê? Não foi o que combinamos?

– Mas...

– Não foi?

– Amigo leão, seja razoável. A mulher e a criança...

– O que tem eles?

– São minha esposa e filho.

– Não me interessa! Nós combinamos que a primeira presa seria sua e como combinamos, você a levou. A segunda é minha e eu pretendo levá-la. Foi o combinado.

– Mas amigo leão...

– Trato é trato e não tem mais conversa!

Nesse momento, saído sabe-se lá de onde, apareceu o rato. Colocando-se entre ambos, olhando para um e para outro várias vezes, ele por fim disse:

– Bom-dia, minha gente. O que está acontecendo por aqui?

Contrariado e cada vez mais impaciente, o leão apontou para o caçador e rugiu:

– Esse homem se recusa a pagar tributo por caçar em meu território.

O rato virou-se para o caçador e perguntou:

– Verdade?

– É, mas...

– Hum, isso não é bom, nada bom...

– Mas são minha mulher e meu filho!

– Não importa. Trato é trato e se concordou com o que o amigo leão propôs, nada tem a fazer a não ser entregar-lhe o que ele pede.

Angustiado, mas cioso da palavra empenhada, o caçador baixou a cabeça e afastou-se.

O rato sorriu e virando-se para o leão, disse:

– Viu? O homem se foi e nós ainda o convencemos a nos dar as presas. Agora, será que você poderia me explicar como elas foram apanhadas?

– Pra quê?

– Temos que nos precaver, não? Se elas caíram na armadilha, nós também podemos cair – e enquanto falava, o rato encaminhava-se para outra armadilha próxima, na companhia do leão que, desconfiado, o olhava de rabo de olho. – Não concorda?

– É, talvez tenha razão... – o leão descuidou-se e nesse instante o rato empurrou-o para dentro da armadilha.

– Ei, que história é essa, seu rato? – perguntou.

O rato, no entanto, o deixou sem resposta, pois apressou-se em salvar a mulher e o filho do caçador, devolvendo-os à sua casa no fundo da floresta. Agradecida, a mulher cega convidou-o para ir viver em sua companhia, comendo de tudo o que ela e a família comessem.

Dizem que foi a partir daí que o rato resolveu morar entre os homens..."

(Extraído de *Reminiscências de um jovem professor*, de Antônio Sobreira, publicado por Edições Memorial, Braga, Portugal, 1963.)

13. A gazela e o caracol

Manter uma criança dentro da sala de aula é uma das maiores dificuldades enfrentadas por qualquer professor em qualquer parte do mundo. Mesmo quando inexiste o prédio da escola e, consequentemente, a sala de aula, seduzir até o interesse mais absoluto é tarefa que muitos poucos conseguem executar com sucesso. Brincar sempre é melhor. "Preguicear" encanta. Não pensar em nada ou pensar apenas em se divertir, será sempre melhor. Qualquer criança lhe dirá isso.

Então o que fazer?

Não tenho a fórmula e duvido que qualquer professor a tenha. Cada qual do seu jeito e diante de dificuldades muito particulares encontra a sua.

Nos dois últimos anos da década de 60 eu tive uma turma particularmente difícil em Chambana. Aquelas crianças eram realmente terríveis e por mais que eu tentasse ou falasse, nada as convencia a aparecer na turma que eu inaugurara debaixo de uma grande árvore no centro da aldeia. Levei livros. Tentei seduzi-los com doces. Balas. Ameacei com o governo e a polícia, esses monstros terríveis, principalmente para professores desesperados. Nada.

Decepcionado e cada vez mais só com meus sonhos grandiosos de educação, costumava me sentar à beira do rio Cavumi com um velho amigo, um grande contador de histórias, por sinal analfabeto, de nome Miguel. Certa tarde, talvez também por amizade, mas com certeza por pena de mim, Miguel virou-se e disse:

– Quero aprender a ler e escrever!

Quase caí para trás de espanto, claro. Cheguei a cogitar que fosse uma brincadeira sem graça de meu amigo e me aborreci. Com dificuldade, o vellho *griot* conseguiu me convencer a aceitá-lo em minha turma. Desnecessário dizer que nos primeiros dias era apenas eu e ele na "sala de aula" e, acreditem, ele estava interessado em aprender. E eu, com certeza, ansioso por ensinar.

Depois de alguns dias, surpreendeu-me ainda mais ver algumas crianças espreitando espetáculo tão insólito. Miguel também via. Via e sorria. Já se iam dois meses de aula quando, numa certa tarde, ele se virou para as crianças que observavam a distância e gesticulou para que se aproximassem, prometendo:

– Vou contar uma história.

No entanto, antes da história proporia um jogo bem divertido:

– Chama-se escrever.

E consistia basicamente do seguinte:

Ele me mandaria para fora da aldeia e depois enviaria um menino para que me chamasse de volta. Então, faria várias cópias de um bilhete e as entregaria para outro menino, que seria o primeiro de quatro ou cinco espalhados pelo mesmo caminho. Enquanto o primeiro menino teria que decorar o chamado para que eu voltasse, percorrendo o trajeto sozinho, o primeiro daqueles que levava bilhete, sairia ao mesmo tempo, passaria seu bilhete para o próximo menino que estava esperando ao longo do caminho e assim por diante.

– Cada um do grupo correrá apenas um pedaço do caminho, enquanto o primeiro menino, sem bilhete, fará tudo sozinho.

Feito isso, o primeiro menino, o que não tinha bilhete, saiu correndo e manteve-se a frente daquele que saiu junto com ele. No entanto, este segundo, o que carregava a mensagem, rapidamente entregou-a para outro garoto que esperava, descansado, que em seguida entregou-a para um terceiro, que entregou para um quarto, os dois suplantando o menino que correu na frente sem bilhete. A distância já era grande entre o primeiro menino que executava a tarefa sem ajuda e o último do grupo ao longo da trilha. Quando aquele sozinho, mais morto do que vivo, chegou ao professor e não soube dizer o que tão preocupadamente guardara na cabeça, o garoto com o bilhete já havia entregue sua mensagem há muito tempo e retornava para a aldeia com os companheiros e o professor, é claro.

– Quem sabe ler e escrever não precisa confiar apenas na memória nem necessita entregar a mensagem pessoalmente, mas pode simplesmente deixá-la com qualquer um ou com vários para que entregue para si. Cansa-se menos e tem mais tempo para fazer outras coisas, até brincar.

Naqueles tempos, sem telégrafo, internet ou telefone, aquelas palavras foram magia pura. Convenceram as crianças da aldeia e encheram minha escola.

– Agora posso ir embora – disse Miguel, depois de um ano entre nós. – Já sei ler e escrever.

Algo me dizia que ele já sabia, mas eu nunca arranquei a verdade daquele velho malandro. Fiquei grato a ele e na última vez em que o vi, ele me contou a história que serviu de inspiração para aquele sedutor joguinho pedagógico. É a que transcrevo abaixo e que se intitula "A Gazela e o Caracol".

"Numa certa manhã, ia a gazela, toda risonha e bela como ela só, quando encontrou um caracol. Arrogante e orgulhosa da própria rapidez, falada e respeitada por todos da região, parou diante dele e foi logo dizendo:

— Arrastando-se por aí, não, amigo caracol?

O caracol, humilde como ele só, mas, antes de tudo, consciente de suas limitações, concordou:

— É, vai se levando...

— Mas bem devagar, com certeza.

— Eu não diria melhor. Mas você certamente concordará que pior do que ir devagar, é nem ir ou muito menos chegar.

— É verdade. Quem não pode correr, tem que fazer o que você vai fazendo, se arrastando pelo chão.

— Pra que pressa?...

— É melhor aceitar, não é mesmo?

— Pois não...

— Mas se fosse possível correr...

— O que vai se fazer...

— Mas você gostaria de correr, não?

— Eu gosto de chegar, mesmo que bem devagar.

— É, caracol, você fica aí tão humilde, mas, na verdade, tanta humildade serve apenas para esconder a sua incapacidade de correr.

O caracol já estava se cansando de toda aquela falação arrogante, mas achou melhor deixar para lá e apenas concordar:

– Pode ser, pode ser. De qualquer forma, eu vou devagarzinho e...

– Porque não pode correr!

– Quem não pode correr, vai devagar, mas consegue chegar. Agora quem muito corre...

– Quer apostar?

– O quê?

– Que chego antes em qualquer lugar que você determinar?

– Ah, não sei...

– Tá com medo?

– Não, não. Não é isso.

– E o que é então?

– Eu não sei se quero me aproveitar de ti.

A gazela, zombeteira, transbordava desprezo quando disse:

– Você?!

– Tudo bem, tudo bem...

– Você aceita?

– Esteja aqui no domingo e veremos...

A gazela, ainda mais faceira e toda cheia de si, saiu saltitando e se gabando da grande facilidade que encontraria em vencê-lo. No entanto, mal a distância a fez sumir de vista, o caracol arranjou um grande pedaço de papel e dele fez cem pedaços menores. Em seguida, em cada um deles escreveu: "Quando a gazela você vir e ela por mim chamar, por favor, trate logo de responder: 'Sim, eu sou o caracol'", e os entregou a cem outros caracóis, seus amigos, insistindo:

– Leiam quantas vezes for necessário para não esquecer e para saber exatamente o que fazer quando a gazela vier.

No domingo, como esperado, a gazela chegou ainda mais entusiasmada e foi logo dizendo:

– Vamos correr!

Mal sabia que o caracol já havia pedido a seus amigos que se escondessem ao longo do caminho por onde passariam, o que todos fizeram.

Correram. Claro, a gazela disparou e nem percebeu que o caracol se escondeu atrás de um arbusto e deixou que corresse sozinha, vaidosa, orgulhosa, acreditando que ele desaparecera na nuvem de poeira que deixara para trás.

– Caracol! – gritava de vez em quando, estranhando não vê-lo nem por um instante atrás de si.

E de volta sempre ouvia:

– Sim, eu sou o caracol!

Sem saber que havia sempre um caracol escondido no meio do mato e preparado para atender a seu chamado, nunca o mesmo que desafiara para a corrida, mas um dos cem que tinham um pedaço de papel com a mesma frase escrita:

"Sim, eu sou o caracol!"

Inicialmente espantada, pouco a pouco a gazela foi se sentindo humilhada e, depois, desesperada, pois, por mais que corresse, sempre encontrava o caracol à sua frente, arrastando-se, mas sempre à sua frente.

– Não é possível... – repetia, bufando, suando e mal se aguentando sobre as pernas.

Finalmente, não mais suportando, tombou, morta de cansaço, empoeirada e envergonhada, a boca arreganhada em busca de ar. O caracol a encontrou pelo caminho e bem devagarzinho, como era o seu jeito, comentou:

– Mais veloz que as pernas, é a inteligência...

E venceu a corrida."

(Extraído de *Reminiscências de um jovem professor*, de Antônio Sobreira, segunda edição revisada e ampliada, publicada por Editorial Maputo, Maputo, Moçambique, 2002.)

14. O que acontece dentro de casa...

Aconteceu há muito tempo.

Uma mulher estava na cozinha. Cansada, pois trabalhara praticamente sozinha o dia inteiro, irritava-se cada vez mais frequentemente e, impaciente, enervava-se, gritava e esbravejava contra tudo e contra todos. Descuidava-se também.

Pratos quebravam-se ao cair de suas mãos. Queimou-se numa panela quente e quando o fogo se apagava, atiçava-o de qualquer jeito, atrapalhando-se em mais de uma ocasião e lançando brasas e fagulhas pra tudo quanto era lado. Numa delas, um pedaço flamejante de carvão caiu em cima do cachorro que, com justa razão, reclamou:

– Ei, cuidado aí, senhora! Vai acabar me queimando!

Mesmo cansada, a pobre mulher o encarou, espantada.

– O que é isso? – perguntou. – Um cão que fala!

Assustada, recuou uns passos e de um canto junto ao fogão retirou um pedaço de madeira com o qual ameaçou bater nele.

Qual não foi o seu espanto ao ouvir o pau protestar:

– Alto lá, mulher! O pobre animal não lhe fez mal algum. Por que quer lhe bater?

– Eu... eu... – ela gaguejava e não compreendia o que se passava.

Estaria enlouquecendo?

O pau, ainda em suas mãos, cheio de razão, insistiu:

– Nem tente! Não vou bater no coitado!

Desorientada, a mulher foi de um lado para o outro da cozinha sem entender o que se passava ou em que grande loucura se encontrava.

O que fazer?

O marido não estava e levara os filhos com ele.

A quem poderia recorrer?

Rumou para a porta e pensou em correr para as vizinhas a fim de contar o que tinha acontecido. No entanto, quando pretendia sair, a porta, com um ar muito zangado, alertou:

– É melhor pensar bem antes de ir mais além e contar o que aconteceu. O que acontece dentro de casa, em casa deve ficar.
– Quem disse?
– Eu estou dizendo e é melhor me ouvir.
– Ouvir? Ouvir a uma simples porta?
– Pouca gente realmente se importa com o que acontece com a gente e muitos querem somente bisbilhotar. Por isso, antes de sair por aí a falar sem pensar, melhor refletir bem. Os segredos de uma casa não devem ser espalhados ou contados para qualquer um apenas porque é vizinho.
– Eu devo estar enlouquecendo...
– Por quê?
– Ouvindo conselhos de uma porta...
– Talvez seja eu, talvez não. Talvez seja apenas uma ilusão ou talvez não. E se for seu coração ou a cabeça colocando um pouco de juízo na situação?
– Não é que, não... – nesse instante, a mulher, ainda cansada, pôs-se a pensar e concluiu que tudo aquilo começara quando machucara, a bem da verdade, sem intenção, o pobre cachorro que dormia ao lado do fogão. Por isso, com ou sem razão, desculpou-se e dividiu com ele o que ainda restava para comer.

"Mais importante do que viver é sempre conviver", pensou antes de dormir.

(Extraído do livro *Uma Ideia Tola & Outras Histórias Moçambicanas*, de Antônio Sobreira, Edições Educacionais, Beira, Moçambique, 1987.)

15. Uma ideia tola

Quem tenta
agradar a dois senhores,
acaba por passar
por decepções
e dissabores,
não serve bem a ninguém
e pior,
não sai do lugar,
pois quem tenta a qualquer preço
agradar,
acaba por desagradar
e chatear
a todo mundo.

Aqui começo uma história
que diz
que um dia a hiena,
tão boba, tão simplória,
recebeu convite para
dois banquetes
e ficou num grande dilema...

Em qual deveria ir?

É, pois
os dois aconteceriam na mesma hora,
mas em lugares diferentes;
teria muita comida,
bicho e até gente,
portanto, seriam bem divertidos.

– Puxa, vida, em qual devo ir?

Pensa daqui, pensa dali.
– Afinal de contas,
as duas festas eram interessantes,
mas – que azar! –
bem distante uma da outra.
Para aumentar a confusão,
ambas teriam carne de boi,
muito saborosa,
a preferida da hiena,
gulosa como ela só.

E pensa dali, pensa daqui,
quanta indecisão,
o que fazer?
Como resolver
tão difícil situação?

Queria por que queria
ir às duas festas,
não desistiria
nem de uma, nem de outra.

Por fim,
achou a solução,
com a clara intenção
de,
por mais estranha e absurda
que pareça,
ir nas duas festas...

que cabeça!

Decisão tomada,
certa ou errada,
a hiena pôs o pé no caminho.
E nem andou tanto
até chegar ao recanto
onde a estrada se dividia em duas,
esquerda para uma festa,
direita para a outra.

Dá para imaginar o que fez?
De uma só vez
quis seguir nas duas direções.
Assim pensando,
a perna direita rumou
para o lado direito,
e a esquerda deu seu jeito
e rumou para o lado esquerdo,
acreditando que no fim
chegariam às duas festas.

No início,
tudo bem,
nenhum indício
da tolice
que era toda aquela situação.
Ela ainda ficou um pouco surpresa
com a crescente dificuldade
de caminhar de tal maneira.
Mas, alegre e faceira,
pensando em toda carne que comeria,
era só alegria,
ignorou tudo mais.

E lá foi a hiena,
andando, andando e andando,
e depois de mais um tempo,
não acreditando, não acreditando,
não acreditando
no que estava acontecendo...

Que doideira!

Como é fácil de imaginar,
mas bem difícil de acreditar,
conforme foi andando,
a hiena foi se partindo,
um pedaço para a esquerda,
outro tanto para a direita,
a desgraça feita
e a coitada se rasgando
de alto a baixo.

Assim encontrada,
foi rapidamente levada
ao médico,
que a costurou,
mas também recomendou
que não comesse carne de boi
por um mês.

É como dizem por aí:
quem corre para os dois lados
fica apenas cansado
e não chega a nenhum lugar!

(Extraído do livro *Uma Ideia Tola & Outras Histórias Moçambicanas*, de Antônio Sobreira, Edições Educacionais, Beira, Moçambique, 1987.)

16. A menina que não falava

O rapaz estava apaixonado e por muitos dias, todo bobo, verdadeiramente encantado, ficou espreitando a razão de sua paixão de longe, sem coragem de se aproximar, de falar o quanto a amava. O medo era tanto – e se ela lhe dissesse exatamente o contrário, que não o amava? E se houvesse outro homem que vencera a porta estreita que se abria para o seu coração? – que em mais de uma ocasião quis esquecer tudo o que sentia e partir para longe. Nada resolvia. Sofrimento. Quanto mais negava, mais se angustiava sem proveito algum.

Ela era bela e para todos os que o conheciam, dizia e repetia que seria aquela que teria o seu coração.

Sonhava casar-se com aquela jovem que cobiçava a distância. Um dia, encheu-se de coragem e procurou os pais dela para pedir sua mão em casamento.

– Você quer se casar com nossa filha? – espantou-se o pai da jovem.

O rapaz não entendeu bem a razão de tamanho espanto e nem se preocupou muito, respondendo:

– É o que mais quero.

Seu espanto transformou-se rapidamente em grande desconfiança ao deparar com uma enorme compaixão no olhar da mãe da jovem.

– O que foi? – quis saber.

– Nossa filha não fala, rapaz – informou ela, entristecida.

– É muda?

– Não sabemos – respondeu o pai da jovem. – Eu já a vi falando, mas na maior parte do tempo, por mais que perguntemos, ela nada diz. Pior do que isso, nossa filha parece não estar interessada em casar ou ter a companhia de qualquer um. Penso que notou que ela está sempre pelos cantos, no meio da mata, caminhando sozinha.

Era verdade, pensou o rapaz. Não se importou. Estava apaixonado e como todo apaixonado, acreditava tudo ser capaz de mudar ou aceitar por seu amor. Obtida a permissão dos pais, aproximou-se da jovem e começou a lhe encher de perguntas. Silêncio, no máximo um longo olhar de curiosidade. Interesse não, mas apenas curiosidade.

Insistiu. Pôs-se a contar coisas engraçadas sobre si mesmo e sobre as coisas e pessoas que conhecia. O pai. A mãe. Os muitos irmãos. Tios. Primos. Vizinhos. Sua aldeia. Os animais da floresta.

Nada. Quanto mais falava, menos ouvia, a não ser, claro, a própria e cada vez mais impaciente voz. Por fim, cansado, mas acima de tudo, frustrado e irritado, começou a xingá-la, dizendo coisas feias, palavras cruéis que, no entanto, não mudaram o fato de que a jovem não abrira a boca por um minuto sequer. Nem ria nem falava, apenas o encarava, aumentando somente a sua irritação. Até que ele desistiu e partiu resmungando palavras ainda mais ferozes contra aquela que fizera pouco ou nem ligara para a sua paixão.

Conta-se que depois dele vieram outros e mais outros. Muitos eram verdadeiramente poderosos e trouxeram pequenas fortunas na tentativa de abrir tanto sua boca quanto seu coração. Nenhum deles, todavia, teve a sorte de ouvir pelo menos um murmúrio de seus lábios.

Os pretendentes minguavam e desapareciam quando, numa certa manhã ensolarada, como que saído do nada, um viajante entrou na aldeia em que a moça vivia e rumou para sua casa. Era um jovem sujo, pobremente vestido, mas o brilho da inteligência desprendia-se como centelha sedutora de seus olhos.

Ele não falou muito e antes que pai ou mãe perguntassem qualquer coisa, foi logo se apresentando e dizendo:

– Quero casar-me com sua filha!

O pai da bela donzela ainda tentou interpor vários obstáculos ao seu interesse – evidentemente não queria aquele desconhecido como genro –, mas a todos ele soube vencer ou apenas ignorar, insistindo:

– Quero me casar com sua filha!

Por fim, o pai afirmou:

– Acredita mesmo que poderá ser bem-sucedido onde tantos outros, mais ricos e bem mais apresentáveis que você, fracassaram? Acha mesmo que conseguirá fazê-la falar? Esqueça!

Inútil.

Quanto mais falava, mais o desconhecido se obstinava. Pouco ou nada poderia ser feito e, então, o pai da jovem concordou que o rapaz fosse falar com ela.

"O que teria a perder?", se perguntava, acreditando que a filha, como das outras vezes, não abriria a boca.

O desconhecido aproximou-se da jovem e antes que ela tivesse tempo de se afastar ou pensar em qualquer coisa que o afastasse, insistiu para que fossem a uma plantação próxima.

– Eu vi muito milho – informou, por trás de um sorriso tão ou mais misterioso do que ele. – Vamos colhê-lo.

A plantação era da família dela e, além do milho, o amendoim prometia uma colheita ainda maior.

Sem entender muito bem o que pretendia aquele homem, acompanhou-o e os dois trabalharam durante muito tempo. Tanto que vez por outra se viam obrigados a parar e descansar. Numa dessas ocasiões, percebendo, não sem uma certa inquietação, que ele não pretendia parar, ela virou-se para ele e perguntou:

– O que pensa que está fazendo? Onde pretende levar todo o meu milho e o meu amendoim?

O desconhecido alargou ainda mais o sorriso de franca satisfação, mas nada lhe disse por um bom tempo. Levantaram-se e ele deu toda a impressão que reiniciariam a colheita. No entanto, segurou-a pelo braço e disse:

– Vamos conversar com seus pais.

– Sobre o quê? – ela não parava de falar e, confusa, limitou-se a acompanhá-lo. Ainda repetiu duas ou três perguntas, mas todas ficaram sem resposta.

Chegando a casa de seus pais, o desconhecido virou-se para ambos e disse:

– Agora sua filha fala e ainda falará muito comigo, já que serei seu marido.

O casamento aconteceu pouco tempo depois e muitos e muitos filhos acrescentaram anos e anos de felicidade àquela família que prosperou imensamente depois da união do desconhecido com a jovem que não falava, mas, como qualquer um, se importava em perder aquilo que tinha muita importância para ela.

(Extraído do livro *Histórias Moçambicanas*, de Antônio Sobreira, Zanzibar Books, Dar-Es-Salaam, Tanzânia, tradução de Mohamad Al Quds, 1991.)

17. A história das duas mulheres

Duas mulheres haviam crescido juntas e eram grandes amigas. A vida as fizera a maior parte do tempo inseparáveis, mas o passar do tempo as dividira por conta de duas grandes diferenças. A primeira, poucos meses mais velha, casara-se, tivera muitos filhos e era muito feliz. A segunda, apesar de mais nova e, como a amiga, ter se casado, não tinha filhos, pois não podia tê-los realmente, e por mais que se esforçasse – e seu marido era um homem bom e trabalhador –, jamais em tempo algum conseguira ser verdadeiramente feliz.

Numa certa manhã, aquela que não podia ter filhos encontrava-se na casa da amiga e convidou-a para visitá-la, informando:

– Meu marido acabou de voltar de uma viagem e trouxe coisas lindas para mim. Queria que você as visse.

A mãe de muitos filhos e, portanto, extremamente atarefada, como gostava muito da amiga, achou que poderia tirar algumas horas de seu dia, qualquer dia, para atendê-la e concordou:

– Irei visitá-la na semana que vem.

Na semana seguinte, como prometera, a mulher e seus muitos filhos – ela os levava para onde quer que fosse e era sempre muito divertido vê-la cercada pelas crianças barulhentas e sorridentes – chegaram na casa da mulher que não podia ter filhos. Foram muito bem recebidos. Enquanto as crianças brincavam, as duas tomaram chá. Em seguida, foram ver os presentes. A mulher que não podia ter filhos trouxe uma grande mala para a sala e de dentro dela foi tirando roupas maravilhosas, brincos de ouro e prata e uma infinidade de objetos de grande valor.

– Esses são os meus maiores tesouros. Coisas que você, com tantos filhos e tanto trabalho, jamais poderá ter.

No momento de ir embora, a mulher que tinha muitos filhos agradeceu o convite e antes de partir, disse:

– Venha à minha casa qualquer hora dessas e te mostrarei a minha mala e os tesouros que guardo nela.

Sua amiga espantou-se:

– Não sabia que você tinha qualquer tesouro...

– Decerto que o tenho...

– ... afinal de contas, uma pessoa tão pobre e com tantas bocas para alimentar...

– Venha e você verá.

Pois bem, passou-se mais uma semana e a mulher que não podia ter filhos resolveu retribuir a visita da amiga. Lá chegando, como acontecia habitualmente, foi recebida com grande algazarra pelas crianças que a conduziram para dentro da casa.

A mulher que tinha muitos filhos apressou-se em preparar o chá que tanto apreciavam e virando-se para um de seus filhos, pôs-se a ordenar:

– Ponha o chá no fogo, Fátima!
– Sim, mamãe!
– Vá cortar lenha, Mariano!
– Sim, mamãe!
– Limpe a sala, Anja!
– Sim, mamãe!
– Traga água do poço, Muacisse!
– Sim, mamãe!
– O açúcar, Muhamede!
– Sim, mamãe!
– As xícaras, Ali!
– Sim, mãe!

E assim, a cada filho foi atribuída uma tarefa, que todos, sem exceção alguma, cumpriram com a maior rapidez e boa vontade.

Mal o chá ficou pronto, as duas puseram-se a conversar. Conversaram muito e sobre muitas coisas, mas a mulher que não podia ter filhos não compreendia como, entre o tanto que falavam, a amiga não falava no tesouro que garantia possuir e dera a impressão de ser fabuloso. Mais de uma vez chegou a tentar entrar no assunto, mas a anfitriã sempre ia em outra direção, aparentando não ter a menor intenção em falar sobre aquilo. Por fim, desistiu.

No entanto, quando a mulher que tinha filhos acompanhava a amiga até a porta, apontou para os muitos filhos que brincavam em frente a casa e disse:

– Minha doce amiga, eu a chamei para ver o meu grande tesouro e não a deixarei ir sem vê-lo.

A mulher que não podia ter filhos encarou-a, perplexa.

– Como assim? – perguntou. – Onde está?

– Meu tesouro não tem brincos de ouro nem vestidos caros e muito provavelmente não tem valor algum para outra pessoa, mas é valioso demais para mim... – a mulher apontou seus muitos filhos para a amiga e concluiu: – Ali estão todos eles!

(Extraído de *Histórias Moçambicanas*, de Antônio Sobreira, Zanzibar Books, Dar-Es-Salaam, Tanzânia, tradução de Mohamad Al Quds, 1991.)

Notas finais

O professor Antônio César Gomes Sobreira nasceu em 13 de abril de 1915 na pequena localidade de Santa Comba de Rossas, no extremo norte de Portugal, mas com um ano de idade acompanhou os pais para o que seria uma permanência de apenas quatro anos na então colônia portuguesa de Moçambique, na África. Mal se passariam dois meses e a mãe, Elvira de Araújo Sobreira, morreria de causas desconhecidas numa aldeia do Alto Zambeze, conhecida como Cazula, para onde fora acompanhando o marido, o engenheiro Vasco Gomes Sobreira, um dos mais importantes construtores de estradas de ferro naquela parte do continente africano e também responsável por obras em Masvingo, no atual Zimbábue, Mtubatuba, na África do Sul, e Blantyre, no Malauí, entre outras.

Além de engenheiro, Vasco Sobreira era um respeitado poeta simbolista, que manteve intensa correspondência com grandes nomes da literatura portuguesa tais como Fernando Pessoa e Florbela Espanca, só para citar alguns. Também escreveu obras de etnografia e geologia, sendo o autor do primeiro estudo para a construção do que viriam a ser mais tarde as grandes barragens de Cahora Bassa e Chicamba Real; falava fluentemente o inglês, o francês, o alemão e pelo menos vinte dialetos moçambicanos, tendo produzido a gramática de pelo menos nove deles. Assim, educado pelo próprio pai, Antônio César Gomes Sobreira passou os primeiros quinze anos de sua vida em incontáveis canteiros de obras, principalmente no norte de Moçambique, travando contato com trabalhadores oriundos do próprio país e de várias partes da África Oriental (tempos depois, tais contatos o levariam à Tanzânia, onde escreveria um dos trabalhos mais completos sobre as tribos islamizadas da costa daquele país e os rituais do povo elefante de Morogoro), além de estudiosos, missionários e engenheiros de várias partes da Europa (particularmente ingleses e irlandeses) e norte-americanos (um deles seria o Reverendo Septimus O'Bannon, orientador de uma controvertida tese que escreveu sobre os rituais de casamento dos povos do Vale do Condédezi, durante os anos de estudos na respeitada Hutton University, em Bangor, Maine). Sequestrado por piratas somalis durante uma viagem a Zanzibar, passou sete meses nos portos de Buur Gaabo, Kismaayo e Baraawe, antes de ser resgatado por um navio inglês comandado por aquele que viria a ser um dos maiores comandantes da Marinha Britânica durante a Segunda Guerra Mundial, o então tenente Horatio Francis Plymstock, Lorde Thonbury.

Preocupado com a segurança do filho, seu pai o enviaria para a casa de um tio materno, o também engenheiro Gonçalo de Araújo, que se converteria numa espécie de mentor do jovem sobrinho, acompanhando-lhe os estudos nas melhores escolas de ensino secundário de Lisboa e, posteriormente, abrindo-lhe as portas para a centenária universidade de Coimbra, de onde Antônio César Gomes Sobreira sairia como um dos mais promissores linguistas do país.

Surpreendendo a todos, resolve voltar para Moçambique num período que a África Meridional, como o resto de todo o continente, começava a experimentar seus primeiros surtos independentistas. Surpresa maior ainda estaria reservada para todos, inclusive seu pai, que somente no final de sua vida voltou a falar com o único filho, quando o jovem Antônio, já estabelecido como proprietário de um dos mais importantes colégios da então cidade de Lourenço Marques, resolveu casar-se com a bela Inês Maria de Saldanha Marromeu, filha de um dos maiores negociantes de pedras preciosas da cidade, Salomão Marromeu, uma negra de beleza extraordinária com quem viria a ter sete filhos.

Foi hostilizado pela *pequena aristocracia lusa da cidade*, numa expressão que ele utilizava para se referir ao governador e toda a estrutura eminentemente portuguesa e branca do governo colonial, bem como a todos que a ela estivessem ligados. Retirou seus filhos do colégio que possuía num dos melhores bairros de Lourenço Marques, abandonou tudo e recomeçou sua vida, ou melhor, construiu uma nova, tornando-se administrador de uma grande propriedade rural na região de Manica, próximo da fronteira da então Rodésia.

A partir desse instante constituiu uma vitoriosa carreira como estudioso das populações e dos incontáveis dialetos locais. Folclorista respeitado, publicou inúmeros trabalhos em universidades e editoras de países tão distantes quanto diferentes como Finlândia, Japão, Estados Unidos, México, Brasil, Argentina, China, França, Alemanha, Inglaterra, entre outros. Seu trabalho à frente da instalação de pequenas escolas comunitárias nas regiões de Manica e Tete lhe valeu o reconhecimento de vários órgãos internacionais, tais como a UNESCO e a UNICEF, levando-o a ser respeitado até pelos membros da FRELIMO (a Frente de Libertação de Moçambique, por ocasião das lutas de independência do, hoje, país) apesar de sua notória aversão a políticas, ideologias de toda ordem e religiões, fato sobejamente conhecido por meio das entrevistas dadas aos jornais *Liberation*, da França, e *Los Angeles Times*, dos EUA.

Mesmo durante a guerra civil que se travou logo depois da independência, continuou respeitado por ambos os lados do conflito com o fim das hostilidades. As facções o apontaram como o nome mais indicado para ser Ministro da Educação do país, honra que declinou, não obstante se oferecer e participar voluntariamente de incontáveis iniciativas educacionais patrocinadas pelo Estado moçambicano, como a Universidade Livre, projeto que visa transformar qualquer espaço, mesmo ao ar livre, em pequenas universidades, onde professores vindos da capital, hoje Maputo, em grandes ônibus, ministram aulas que em seguida são continuadas através da televisão e da internet.

Nos últimos anos, o professor também se dedicou a instituir um projeto em tudo semelhante à Pastoral da Criança, da Dra. Zilda Arns, em várias partes do país. Aliás, ele morreria em 14 de agosto de 2007, em Nampula, pouco depois de dar uma palestra a um grupo de interessados em instituir tal projeto naquela cidade.

Hoje seu nome identifica ruas, praças e até avenidas nas cidades de Nampula, Catandica, Beira e Inhambane, além de centenas de bibliotecas, escolas e outras instituições de ensino. Uma estátua sua deverá ser erguida na antiga propriedade que administrou por toda vida e que hoje se transformou num centro cultural em sua homenagem. Antônia e Elvira, suas filhas mais novas, são professoras na principal universidade do país. O mais velho, Vasco, assim como os irmãos Alberto e Fernando, morreu durante as lutas de independência, num combate perto de Salamanga. Helena Inês vive atualmente na cidade do Cabo e trabalha para a televisão local, e Salomão, médico, trabalha como voluntário de uma ONG francesa que administra um hospital para crianças na fronteira entre Moçambique e Malauí.

As narrativas constantes desse original foram extraídas dos sete volumes que constituem a biografia de Antônio César Gomes Sobreira, publicada pela Imprensa Nacional em setembro de 2009, em Maputo.

Fim

Bibliografia

Lendas e contos extraídos do material enviado pela Irmã Maria Jacinta de Souza:

"O avarento"

"O macaco mentiroso"

"Os cestos do leão e do leopardo"

"Os três amigos"

"Sinaportar"

"O filho desobediente"

"Os três amigos II"

"O coelho e a festa dos animais com chifres – Teatro"

Outras Lendas:

"*O macaco e o peixe*" – Adaptado a partir de citação de Mia Couto, escritor moçambicano, em entrevista para a revista *Emoção & Inteligência/Superinteressante* – Edição nº 9 – 2007, Editora Abril S/A, São Paulo.

"Namarasotha" – Extraído de *Contos populares Moçambicanos*, organizado por Eduardo Medeiros – Sociedade Editorial Ndjira, Maputo, Moçambique, 1997.

"O rato e o caçador" – Extraído de *Eu conto, tu contas, ele conta... Estórias Africanas*, organizado por Aldónio Gomes, Coleção Espuma Camões, Instituto Camões, Portugal, 1999.

"A gazela e o caracol" – Extraído de *Contos Populares Moçambicanos*, organizado por Eduardo Medeiros – Sociedade Editorial Ndjira, Maputo, Moçambique, 1997.

"O que acontece dentro de casa..." – Com o título de "Os Segredos da Nossa Casa", foi publicado em *Eu conto, tu contas, ele conta... Estórias africanas*, organizado por Aldónio Gomes, Coleção Espuma Camões, Instituto Camões, Portugal, 1999.

"Uma ideia tola" – Com o título de "Uma Ideia Tonta", foi publicado em *Eu conto, tu contas, ele conta... Estórias africanas*, organizado por Aldónio Gomes, Coleção Espuma Camões, Instituto Camões, Portugal, 1999..

"A menina que não falava" – Extraído de *Eu conto, tu contas, ele conta... Estórias africanas*, organizado por Aldónio Gomes, Coleção Espuma Camões, Instituto Camões, Portugal, 1999.

"A história das duas mulheres" – Extraído de *Contos Populares Moçambicanos*, organizado por Eduardo Medeiros, Sociedade Editorial Ndjira, Maputo, Moçambique, 1997.

O QUE É MOÇAMBIQUE?

Por Júlio Emílio Braz

Bom, eu tinha que destinar este espaço a uma longa e interminável explanação sobre Moçambique.

Afinal de contas, o que é Moçambique?

Sinceridade: em termos basicamente geográficos e históricos, portanto, esclarecedores, Moçambique é um país da costa oriental da África Austral, limitado a norte pela Zâmbia, Malauí e Tanzânia; a leste pelo Canal de Moçambique e pelo Oceano Índico; ao sul e oeste pela África do Sul e a oeste pela Suazilândia e pelo Zimbábue. Ocupando uma área aproximadamente de 801.590 km2 e tendo um clima de maneira geral tropical e úmido, é uma república multipartidária com cerca de 20 milhões de habitantes.

Quer saber mais?

Sua língua oficial é o português. Todavia, outras línguas também são consideradas nacionais, representando vários grupos tribais existentes no país: cicopi, cinyanja, cinyungwe, cisenga, cishona, ciyao, echuwabo, ekoti, elomwe, gitonga, maconde, kimwani, macua, memane, suaíli, suazi, xichanga, xironga, xitswa e zulu.

O país é dividido nas seguintes províncias: ao norte, Niassa, Cabo Delgado, Nampula; ao centro, Zambézia, Tete, Manica, Sofala; e ao sul Inhambane, Gaza e Maputo. Essas, por sua vez, se dividem em 128 distritos que abrigam a totalidade de municípios do país.

Sua moeda é o metical e entre os seus recursos naturais encontramos energia hidroelétrica, gás natural, carvão, minerais como titânio e grafite, madeiras e produtos piscatórios. Suas principais exportações são: camarão, algodão, caju, açúcar e chá.

A história de Moçambique encontra-se documentada pelo menos desde o século X, quando o viajante árabe Al-Masud descreveu uma importante atividade comercial entre as nações do Golfo Pérsico e os Zanj (os da Bilad as Sofala[1], que incluía grande parte da costa norte e centro do atual Moçambique). No entanto, os primeiros habitantes do país foram provavelmente os Khoisan, que eram caçadores coletores. Há cerca de mil anos, a costa de Moçambique já tinha o perfil aproximado do que apresenta hoje em dia: uma costa baixa, cortada por planícies de aluvião e parcialmente separada do Oceano Índico por um cordão de dunas. Essa configuração confere à região uma grande fertilidade, ostentando ainda hoje enormes extensões de savana onde abunda rica e diversificada fauna, essenciais para a fixação de povos caçadores, coletores e até de agricultores.

---

[1] Bilad as Sofala – Terras de Sofala, região e porto na foz do Rio Sofala (Moçambique central), agora chamado de Rio Búzi.

Nos séculos I a IV, a região começou a ser invadida pelos bantos, que eram agricultores e já conheciam a metalurgia. Entre os séculos IX e XIII começaram a se fixar na costa do país populações oriundas da região do Golfo Pérsico, que naquele tempo era um importante centro comercial. Tais povos fundaram vários entrepostos na costa de Sofala.

A penetração portuguesa em Moçambique iniciou-se quando Vasco da Gama chegou à região em 1497. Os mercadores portugueses, apoiados por exércitos privados, foram infiltrando-se nos vários reinos existentes, muitas vezes firmando acordos comerciais, e noutras vezes, simplesmente submetendo-os. Em 1530, foram fundadas as primeiras povoações portuguesas. Em fins do século XVII, os portugues já controlavam o Vale do Zambeze, mas foi somente a partir de 1878, que Portugal decidiu fazer concessões de grandes parcelas do território de Moçambique à companhias privadas, conhecidas como Companhias Majestáticas, assim chamadas porque tinham direitos quase soberanos sobre as parcelas de território e de população que controlavam. A administração colonial portuguesa estendeu-se até a segunda metade do século XX, quando os primeiros movimentos de resistência à dominação estrangeira foram criados, e, posteriormente, unificados num único grupo conhecido como FRELIMO (Frente de Libertação de Moçambique).

A guerra de libertação, uma luta de guerrilhas, durou cerca de 10 anos e terminou com os Acordos de Lusaka, assinados em 7 de setembro de 1974. Moçambique tornou-se independente de Portugal em 25 de junho de 1975. No entanto, apesar da transição para a independência ter sido pacífica, o país logo se viu mergulhado numa guerra civil travada entre as forças da FRELIMO e da recém-fundada RENAMO (Resistência Nacional Moçambicana), grupo formado por alguns militares e ex-militares portugueses e dissidentes da FRELIMO, apoiados pela Rodésia (atual Zimbábue) e posteriormente pela África do Sul. Esse conflito durou até 1992, quando foi assinado o Acordo Geral de Paz, em Roma, no dia 4 de outubro, mediado pela Comunidade Santo Egídio, uma organização da Igreja Católica, com apoio do governo italiano.

Entre os nomes mais conhecidos da Cultura Moçambicana, podemos citar o escritor Mia Couto, os pintores Malangata e Bertina Lopes e o poeta Craveirinha.

Espero não ter sido chato, apesar de inevitavelmente ter sido longo, mas, acreditem, se não consegui, pelo menos eu tentei.

Eis Moçambique!

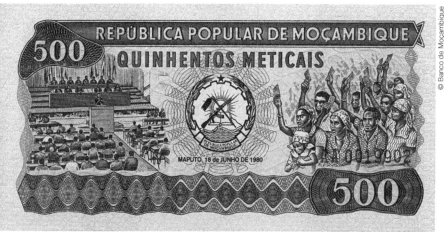

Frente e verso de nota de quinhentos meticais, moeda moçambicana.

África Político

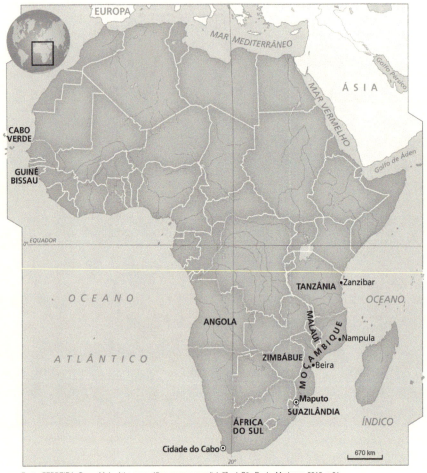

Fonte: FERREIRA, Graça M. L. *Atlas geográfico*: espaço mundial. 3ª ed. São Paulo: Moderna, 2010, p.81.

Moçambique Político

Fonte: *Grande atlas mundial.* Rio de Janeiro: Reader's Digest, 2007, p. 230.

AUTOR E OBRA

"Sê plural como o universo!",
Fernando Pessoa.

Há muitos e muitos milênios, quando a palavra já estava entre nós como algo incipiente, porém extremamente relevante, um homem, após um dia de muito trabalho, sentou-se diante de uma fogueira e encontrou a companhia de outro. Após algum tempo, com o silêncio do cansaço entre os dois, um deles comentou algo sobre a presa que caçara e, à medida que mensurava o interesse do outro pelo seu silêncio, desceu a detalhes mais e mais grandiosos e instigantes. Encerrada a narrativa, esperou algo do seu ouvinte, mas recebeu de volta apenas um silêncio ligeiramente acabrunhado. Quando pretendia levantar, seu ouvinte sinalizou que diria algo e ele tornou a sentar-se e pôs-se a ouvir. Uma narrativa inacreditavelmente interessante, muitas vezes melhor do que a sua. Silenciou para sorver cada palavra, cada expressão, o menor detalhe aprisionado num pequeno monossílabo. Sequer conseguiu se mover quando seu até então ouvinte se calou e sorriu.

Bem, eu não sei se foi mais ou menos assim que aconteceu, mas gostei de fantasiar na crença de que poderia ser assim que pela primeira vez, num mesmo pacote, quase a mesma coisa, nasceram o escritor e o mentiroso.

Estarei dizendo que todo escritor é, no fundo, no fundo, um rematado mentiroso?

Não iria tão longe, mas, parafraseando Fernando Pessoa, talvez o escritor seja um fingidor. Foi a partir de tal premissa que nasceu este livro.

Ele começou com um simples pedido de Maristela Petrili, capítulo inicial de minha verdadeira carreira de autor infantojuvenil: um singelo livro com lendas africanas. Escolhi Moçambique, parte da África lusófona, terra de grandes autores, mas em termos de folclore, um quase desconhecido para nós. Valendo-me inicialmente de um punhado de lendas a mim enviadas por uma simpática freira de uma escola em Maputo, comecei a pesquisar outras tantas histórias tradicionais. O livro ia bem, mas em tudo igual a outras coletâneas feitas por mim para outras editoras. Quando fico insatisfeito, não fico apenas insatisfeito, mas me torno mais imaginativo e foi assim que apareceu em minha vida o Sr. Antônio Sobreira, um fantástico aventureiro e pesquisador cuja vida fui construindo lado a lado com minha coletânea de lendas, entremeando uma com a outra e tornando-as uma coisa só. O homem é simplesmente fantástico, escreveu livros maravilhosos, correu meio mundo e isso nos poucos centímetros de minha caixa craniana. Lamento, amigos leitores, mas fiz o mesmo que o contador de histórias na fogueira primordial: menti com estilo. Antônio Sobreira, esse incrível autor, parte de meu livro, é parte de mim também, estrela de meu universo humano, pois simplesmente **não existe**. Eu o escolhi para contar as lendas que selecionei e para viajar para as outras tantas que ainda pretendo escrever. Cada um tem o Alberto Caieiro que merece ou pode ter, não é mesmo?

Espero não ter ferido suscetibilidades, mas meu ofício é assim mesmo: mentir um pouquinho, sonhar outro tanto, imaginar para tornar a vida algo com algum significado. Parafraseando outro baita poeta, Ferreira Gullar, a vida só não basta.

Júlio Emílio Braz,
para Antônio Sobreira.